A Faint Cold Fear Thrills Through My Veins
William Shakespeare

Zu diesem Buch

«Officer Mmusi?»

«Der bin ich», sagte der weißhaarige Kohlrabenschwarze im blauen Anzug. Er war unglaublich fett und Anna sofort sympathisch.

«Fräulein Anna Marx aus Bonn, wenn ich richtig informiert bin.»

Sie sah ihn erstaunt an. Sein rundes Gesicht war ein einziges Lächeln. «Wir sind nicht ganz im Urwald, liebe Frau Marx. Wir erfahren alles.»

«Auch wer der Mörder ist?»

Anna Marx aus Bonn, unverheiratet, tizianrot und rubensdick, mit losem Mundwerk und spitzer Feder, wie es sich für eine Gesellschaftsjournalistin gehört, war von ihrem Chef nach Samyana geschickt worden, um über den Mord an einer Lehrerin, Frau eines Entwicklungshelfers, zu berichten und – damit es wirklich ein farbiger Bericht wird – vor Ort zu recherchieren.

Basuto, die Hauptstadt von Samyana, bietet ein pittoreskes, kontrastreiches Bild. Weiße Menschen in weißen Häusern, schwarze Menschen in grauen Hütten, bunte Kleidung, farbenfrohe Fetzen, weißer Sand und grüne Palmen und ein tiefblaues Meer stellen die Kulisse, in der sich Anna Marx mit Anna Hellmann, der Toten, auseinandersetzen muß. Es soll schließlich eine gute Story werden, und die Voraussetzungen hierfür sind nicht die schlechtesten: Farbiges Ambiente und – ein farbiger Täter? Oberst Mmusi hat jedenfalls schon einen Tatverdächtigen, Beauty Selebabwe, den Gärtner.

Anna wird von einer Party zur nächsten ‹weitergereicht› und lernt die kleine Kolonie der Weißen, insbesondere die deutsche Abteilung kennen. Vor allem die Männer, die erst zögernd, dann immer freimütiger der Anna Nr. zwei von Anna eins erzählen. Nur der Ehemann schweigt sich lieber aus. Er hat mit Anna zwei etwas ganz anderes im Sinn.

Der Druck auf Oberst Mmusi wird stärker. Er soll endgültig den Fall abschließen, da sich das Alibi des Tatverdächtigen nach einigen Verhören als brüchig erwiesen hat. Beauty schreit, das seien südafrikanische Methoden, aber Oberst Mmusi kann Anna Marx beruhigen, Samyana sei ein demokratisches Land, wo Weiße und Schwarze friedlich zusammen leben. Und normalerweise sterben Weiße selten in Samyana.

Christine Grän, geboren 1952 in Graz, war nach dem Studium Redakteurin, ehe sie für fünf Jahre nach Afrika ging und in Botswana ein Busch-Restaurant leitete. Seit 1985 lebt sie wieder in Bonn als freie Journalistin.

Von Christine Grän liegen in der rororo thriller-Reihe bereits vor: Ein Brand ist schnell gelegt ... (Nr. 2901) und Nur eine läßliche Sünde (Nr. 2865).

Christine Grän

Weiße sterben selten in Samyana

rororo

Rowohlt

rororo thriller
Herausgegeben von Bernd Jost

15.–18. Tausend Februar 1990

Originalausgabe
Veröffentlicht im Rowohlt Taschenbuch Verlag GmbH,
Reinbek bei Hamburg, Dezember 1986
Redaktion Jutta Schwarz
Umschlagentwurf Manfred Waller
Umschlagfoto Ulrich Mack

Satz Bembo (Linotron 202)
Gesamtherstellung Clausen & Bosse, Leck
Printed in Germany
680-ISBN 3 499 42777 x

Die Hauptpersonen

Anna Marx	wandelt auf den Spuren von Miss Marple in Afrika.
Anna Hellmann	hat unübersehbar Spuren hinterlassen – auch nach ihrem Tod.
Jochen Hellmann	hat ein, zwei Schwächen: er liebt Annas und Whiskys.
Dr. Klaus Biehle	hat eine Schwäche: Männer.
Dr. Klaus Halfft	füllt eine Position aus, die ihm genausowenig paßt wie sein Anzug.
Eleonore Halfft	füllt Position und Kleid aus.
Dr. Rainer Schöne	ist so schön, daß er entdeckt werden müßte.
Peter Engelmann	hat ein echtes Verhältnis zu seiner Kamera.
Hans Braun	liebt dicke Frauen, die nicht im Bett diskutieren.
Ina Braun	ist gertenschlank und diskutiert immer.
Beauty Selebabwe	ist keine Schönheit und des Mordes verdächtig.
Biggie Tibele	ist viel zu jung, um freiwillig zu sterben.
Oberst Mmusi	hat eine steile Karriere hinter sich. Abwärts.

Das Land Samyana gibt es nicht.
Die Menschen, die darin eine Rolle spielen,
sind erfunden.
Sollte sich jemand wiedererkennen, fühlt sich die Autorin
dafür nicht veranwortlich.

I

Anna Hellmann starb ungläubig.

Fast zur gleichen Zeit, mehr als 10 000 Kilometer Luftlinie entfernt, starrte Anna Marx ungläubig in die gelben Augen eines afrikanischen Botschafters. Er sprach zu einem Dauerthema: Hunger in der Dritten Welt, die Leiden seines Volkes, das satte Weltgewissen ...

Rührt mich nicht, dachte Anna. Die Zahlen, die er runterschnurrte, waren ihr zu abstrakt. Außerdem war das nicht ihr Ressort. Anna Marx, Klatschtante beim *Wochenmagazin*, beackerte die politische und diplomatische Randszene Bonns. Ein Diplomatenempfang wie dieser in der Godesberger Redoute gehörte zu ihrem täglich Brot. Gespräche über Hunger nicht.

Der Botschafter griff nach einem aufgespießten Würstchen und schilderte die gräßlichen Folgen der Unterernährung. Anna nippte an ihrem Sektglas und langweilte sich. Eine Geschichte zu schreiben über einen wohlgenährten Botschafter, der über Hunger plauderte, war billig. Überhaupt sollte ein Empfang, bei dem sich an die hundert Leute von Rang und Namen trafen, mehr hergeben als einen Exoten. Sie lächelte entschuldigend und zog weiter, mit hungrigem Blick und spitzen Ohren. Da, wo das Gewühl am dichtesten war, mußte die Bar sein oder die Creme des Prominentenkuchens. Rein ins Gewühl: Mit ihren 35 Jahren war Anna die älteste der fünf «Klatschspalten», die sich in Bonn um Banales rissen. Es mußte nur aus gewichtigem Munde kommen.

Zunächst gab es keinen Zusammenhang zwischen dem überraschenden Ableben Anna Hellmanns in Samyana und ihrer Namensschwester in der Godesberger Redoute. Anna hatte noch nie von ihr gehört, geschweige denn von einem afrikanischen Staat namens Samyana. Der war so unwichtig, daß er nicht einmal eine Diplomatische Vertretung in Bonn hatte. Und Annas politische und geographische Halbbildung umspannte gerade so ihr Arbeitsfeld. Da war sie ehrlich zu sich selbst – wenn auch nicht zu anderen.

«Das gesellschaftliche Parkett ist mal wieder ein mausgraues Linoleum.» Gerlinde Fuhrmann, Kollegin von der Konkurrenz, hielt ihr ein Tablett mit Lachsbrötchen unter die Nase. «Greif zu, das habe ich einem Kellner abgenommen. Spart ihm den Weg. Nee, ehrlich, ist mal wieder nix los, nicht mal einen Pressereferenten kann ich finden, dem ich einen Schnack entreißen könnte. Die Kohl hat mich eiskalt abblitzen lassen, die arrogante Pute. Wird mal wieder eine Aufzählung von Namen und Garderoben, was? Hier nimm, warum ißt du denn nichts?»

«Diät», murmelte Anna und ließ sich abschätzend mustern. Mal wieder eine Diät, die an 73 Kilo nagen sollte, an denen sie schwer trug. Sie mochte Kollegin Fuhrmann nicht besonders, erstens, weil diese dünn war und dabei ständig aß, und zweitens, weil sich die Fuhrmann so zynisch und erhaben gab über jene Leute, die sie begierig umschwirrte. Dabei, dachte Anna, schmilzt sie dahin, wenn der Weizsäcker ihr die Hand küßt. Sie selbst war im Grunde zu träge, um sich dem Bonner Eiertanz genußvoll hinzugeben. «Warum», fragte sie, «erfinden wir nicht wieder was, statt uns die Beine in den Bauch zu stehen?» In den leeren Bauch ...

Sie hatten schon öfter was erfunden, zu zweit oder zu dritt, harmlose Geschichten, nicht wert, dementiert zu werden. Anna war schon fast überzeugt, daß ein paar Politiker ihr dankbar sein mußten, wenn sie ihnen was Humorvolles in den Mund legte. Gewiß, in Bonn wurde viel gegessen, getrunken, geredet. Aber die Brosamen der «menschlichen Seite», nach denen die Klatschtanten so mühsam klaubten, waren spärlich.

«Nee», sagte die Fuhrmann: «Ich versuch's mal bei der Weizsäcker. Vielleicht fällt ihr zum Jahr des Kindes was ein.»
«Na dann nicht.» Anna raffte sich auf und steuerte auf die Frau eines abgehalfterten Politikers zu. Diese Damen waren im Zweifelsfall immer pressegeil.

Was raussprang war ein blödes Geschichtchen, ein paar Zeilen mehr für die Rubrik «Leute in Bonn». War ihr egal, Anna war ohnehin deprimiert. Zu Hause, in ihrer Zwei-Zimmer-Wohnung in der Altstadt, zog Anna erleichtert die Schuhe aus und holte sich einen Cognac aus dem Medizinschrank. Wieder eine Diät verwässert. Scheißleben. Wieder einmal – zum wievieltenmal? – war ihr eine

Affäre unter den Händen zerronnen und klebte an der Seele. Mehr ein Affärchen, hatte nicht mal sechs Wochen gedauert. Ein vielleicht liebenswerter Mann hatte ihr keine Gelegenheit gelassen, ihn zu lieben. Irgendwie hatten sie die Tage nicht in den Griff bekommen. Kein Krach, keine Szenen, bloß das sanfte Entgleiten, Sich-Entfremden – und keiner wußte, wo er sich an dem anderen festhalten konnte. Vielleicht, dachte Anna zwischen zwei Schlucken, mochte der Kerl auch keine fetten, rothaarigen, emanzipierten Weiber.

Du hast so schöne, kleine Füße, mich wundert, daß du darauf nicht umkippst ... fast 18 Jahre war es her, seit ihr erster Liebhaber diese Bemerkung gemacht hatte. Sie hatte an diesem Satz geschluckt, damals, und würgte immer noch daran, obwohl sie den Mann längst vergessen hatte. Damals war sie eine kleine, unbedeutende Person gewesen, mit grünen Augen, großem Mund, zu roten Haaren und kleinen Füßen unter einem großen Körper.

Den aus-einladenden Leib hatte sie mit ins Erwachsensein geschleppt. Nur war mittlerweile auch die Seele fetter geworden. Als Redakteurin eines großen Boulevard-Magazins fielen genug Krümel der Macht ab, um ihr Ego zu streicheln. Sie war eine Frau von Gewicht geworden, sozusagen. Übrigens fielen auch genügend Männer ab, die Frauen mit großem Busen und ausladenden Hüften mochten. Zu viele, viel zu viele.

Die Wohnung war verschlampt, wie immer, wenn es ihr nicht gut ging. Regen klatschte gegen ungeputzte Scheiben. Selbständigkeit, überlegte Anna, wäre eine schöne Sache, wenn nicht so oft mit Einsamkeit verbunden, mit langen, langweiligen Abenden vor der Glotze, mit zu viel Wein und zu vielen Zigaretten. Während des Empfangs war ihr kurz der Gedanke gekommen, einen Mann abzuschleppen, irgendeinen.

Ich möchte mich in mich verkriechen und nicht mehr aufzufinden sein. Anna, in ihrem Bett, das für zwei reichte, war nun schon leicht betrunken. Sie vergaß, das Licht auszumachen und den Wekker zu stellen. Sie war, wie ihre Mutter öfter bemerkte, eine Schlampe. «Ich brauch Tapetenwechsel», war der letzte Gedanke vor dem Einschlafen.

II

Sehr weit weg, an einem grellen, heißen Morgen, lag Anna Hellmann in dem einzigen klimatisierten Leichenhaus Basutos, Hauptstadt von Samyana. Vom Indischen Ozean kam eine angenehme Brise, aber natürlich spürte sie die nicht mehr. Zehn dilettantisch geführte, aber tiefe Messerstiche hatten sie in das weißgetünchte Haus gebracht, das an einem der schönsten Plätze der Hauptstadt lag, nämlich am Strand. Die Klimaanlage surrte kühle Luft auf die vier Leichen, die in einfachen Holzsärgen auf das Nichts warteten. In einer Ecke auf dem Boden saß Tawasimbi, der «Hüter der Leichen». Der Alte rauchte genüßlich. Tod war etwas, mit dem er schon zu lange lebte, als daß er ihn gestört hätte. Nicht einmal die Sensation einer weißen, weiblichen Leiche irritierte ihn. Dabei, Weiße starben selten in Samyana.

Weitab von Meer und Brise, in der heißen, geschäftigen City von Basuto, sah es anders aus. Der Mord an Anna Hellmann war *das* Gesprächsthema, das in hysterischem Klatsch ausuferte. Hausfrauen, die normalerweise um diese Zeit noch schliefen, telefonierten und lamentierten, sprachen von Vergewaltigung, Abschlachten, Angst ... Die Männer in ihren korrekten Anzügen und klimatisierten Büros zeigten ernste Gesichter. Der Manager der einzigen Firma für Alarmanlagen rieb sich die Hände. Das Telefon wollte nicht stillstehen.

Weiter weg, in den Slums, wo es weder Telefon gab noch genügend Toiletten oder Wasserhähne, war der Mord an der weißen Frau ebenfalls Tagesgespräch. Aber niemand regte sich darüber auf. Wer in diesem Teil der Stadt wohnte, lebte mit der Gewalt, mit dem Tod. Ein Leben war nicht so behütet, nicht so kostbar. Möglicherweise mischte sich ein wenig Genugtuung in den Klatsch um den Mord. «Nun hat es auch mal jemanden von dort erwischt.»

Dort – das war das Viertel im Süden der Stadt, den Strand entlang, wo die schönen Häuser standen mit den dicken Mauern und blühenden Gärten, die täglich bewässert wurden. Dort wohnten die Minister und Staatssekretäre, die reichen indischen Geschäftsleute und natürlich die Weißen. Dort war Basuto von exotischer Schönheit.

Der einzige Redakteur des *Basuto Newsletter* war ärgerlich. Ein Mord so kurz vor Redaktionsschluß bedeutete Mehrarbeit. Das Layout mußte umgeschmissen werden für die Sensationsmeldung. Er wischte sich seufzend den Schweiß von der Stirn und überlegte nicht zum erstenmal, wie er den Verleger dazu bewegen konnte, eine Klimaanlage einzubauen. Es war schon um diese Tageszeit unerträglich heiß in dem Redaktionszimmer. Eine typisch weiße Rücksichtslosigkeit, sich ausgerechnet am Mittwoch umbringen zu lassen, bevor die Wochenzeitung in Druck ging. Aber wenn schon Schweiß und Arbeit, dann wenigstens für Geld. Er setzte sich an die Telexmaschine und tippte einen kurzen Bericht an den *Star* in Johannesburg. Sein Zubrot. Er tippte langsam und ungelenk – die Sekretärin war mal wieder unpünktlich –, und am anderen Ende begann es zu tickern . . .

Das Tickern erreichte auch den Vertreter der Deutschen Presseagentur in Johannesburg. Der grausame Mord an einer Deutschen war eine heiße Geschichte, die prompt weitergeschickt wurde. Anna Hellmann kam Anna Marx immer näher.

III

Anna kam mal wieder zu spät. Nachlässig geschminkt und mit wehenden Haaren fegte sie die Treppen zur Redaktion hoch. Konferenz war, wie jeden Morgen, um 10 Uhr, und der Chefredakteur haßte Unpünktlichkeit. Er haßte auch noch andere Dinge: Redakteure, die «zuviel dachten», die links waren, sozial engagiert, ihm widersprachen, dem Betriebsrat angehörten, sich nicht der Überlegenheit seines Geistes beugen wollten.

Um 10 Uhr 14 öffnete Anna behutsam die gepolsterte Tür zum Konferenzzimmer und schlich auf ihren Platz. Die Kollegen lächelten teils amüsiert, teils schadenfroh, und Grübchen – an diesem Morgen Karl Gruber – warf ihr einen eisigen Blick zu. Aber er verkniff sich eine sarkastische Bemerkung, und Anna war ihm dankbar. Sie hatte Kopfschmerzen vom Wein und sehnte sich nach einer Tasse Kaffee und Zigaretten. Gruber war konvertierter Nichtraucher. Es gab kein Rauchverbot im Konferenzzimmer, aber die Zensur war verinnerlicht. Wie beim Schreiben auch.

Das meiste rauschte an ihr vorbei an diesem Morgen: die klugen, zynischen, abgeklärten Bemerkungen über Politik und Politiker, die «tollen Stories», die die Kollegen anpriesen wie Sauerbier, die blöden Diskussionen darum. Ungefähr die Hälfte von dem, was hier besprochen wurde, landete ohnehin im Papierkorb.

Anna, mit ihrer politischen Randszene ohnehin eine Randfigur, hielt sich vornehm faul zurück. Die Marx bereitet sich schon auf ihren Sommerschlaf vor, dachte Gruber, aber den werde ich ihr versalzen. Gegen Ende der Konferenz knallte er mit der ihm üblichen theatralischen Geste ein Telex auf den Tisch.

«Ist heute morgen angekommen; eine deutsche Expertenfrau hat sich in einem Exotenland umbringen lassen. Kennt einer von euch Samyana?»

Schweigen in der Runde, zwei der politischen Redakteure meldeten sich wie in der Schulstunde: «Liegt im südlichen Afrika, zwischen der Republik Südafrika und Mozambique. Diamanten und Bananen, ein bißchen Tourismus, demokratische Strukturen.» Gruber nickte. Gleich verteilt er Zensuren, dachte Anna.

«Anna, du bist so blaß, du brauchst Luftveränderung.» Der Chefredakteur lächelte, und Anna erblaßte noch mehr. «Du fährst nach Samyana. Englisch kannst du ja wohl.»

«Das kann doch nicht dein Ernst sein. Ich bin Bonner Klatschtante und keine Weltreisende wie unsere außenpolitischen Redakteure.»

Die Scherze anderer Leute amüsierten den Chefredakteur weniger. Er lächelte nicht mehr. «Wie wir alle wissen, Anna, beginnt in Bonn die Saure-Gurken-Zeit. Der Klatsch liegt in den letzten Zügen. Klatsch, Anna. Du machst das mit *human touch*, interviewst den trauernden Witwer, tröstest die verängstigten Frauen. Basta, du fliegst morgen. Hast 'ne knappe Woche Zeit, wenn die Story gut ist, schicken wir einen Fotografen, sonst knipst du selbst. Spesen sind angewiesen, meine Sekretärin bucht dir den Flug. Laß dich vom Ministerium briefen. Das wär's. Gute Reise.»

Beim ersten Kaffee, der ersten Zigarette, begann sie sich an dem Gedanken von Tapetenwechsel zu erwärmen. Ein bißchen Sonne konnte nicht schaden. Sie las sich die dpa-Meldung durch und wählte die Nummer des Bundesministeriums für Wirtschaftliche

Zusammenarbeit. Ein Herr Müller kam an den Apparat, von angenehmer Stimme; wahrscheinlich verheiratet.

«Samyana, sagten Sie. Eine Sekunde bitte, ich muß mir die Unterlagen holen. Darf ich fragen, was Sie an diesen entfernten Ort führt, Frau Marx?»

«Sie dürfen. Eine Geschichte über das Leben deutscher Experten, Herr Müller. Im besonderen eine über das Ableben einer Expertenfrau. Frau Hellmann.»

Müller seufzte. Es kam ganz klar übers Telefon. «Liebe Frau Marx, wir sehen es aber nicht so gern, wenn Entwicklungshilfe im Horrorgewand verkauft wird. Als ob die Vorurteile nicht schon schlimm genug wären ... Na ja, das sind also die Fakten: Samyana hat ungefähr die Größe Frankreichs, Standort südliches Afrika. Politisch bedeutungsvoll, weil es eine Art Puffer zwischen Mozambique und der Republik darstellt, im Moment ist die Lage ja wieder etwas gespannt. Das Klima: tropisch bis subtropisch. Seit 1976 unabhängig, vorher britisches Protektorat, Amtssprache Englisch. Hat für Afrika ungewöhnlich starke demokratische Strukturen, ein Parlament und einen gewählten Präsidenten, das orientiert sich am britischen System. Kenneth Quobisa regiert seit der Unabhängigkeit. Ist mit einer Britin verheiratet, weiß. Sein politischer Kurs schwankt zwischen wirtschaftlicher Abhängigkeit von Südafrika und verbalem Widerstand gegen das Apartheidssystem. Die Diamantenmine produziert fast die Hälfte des Bruttosozialprodukts, wird so gut wie von den Südafrikanern betrieben. Ansonsten gibt es nur wenig Kleinindustrie, sehr wenig Landwirtschaft, Fischerei; der Fremdenverkehr steckt noch in den Kinderschuhen, obwohl die Küste sehr schön sein soll. Abgesehen von dem dichtbesiedelten Küstenstreifen ist das Land so gut wie unerschlossen und nur spärlich besiedelt. Wir haben ein paar Projekte im Landesinneren, hauptsächlich Ackerbau und Viehzucht; ein Fischerei-Projekt im Norden. In der Hauptstadt, sie hat übrigens etwa 40 000 Einwohner, so genau sind die nie gezählt worden, sind vier deutsche Experten: ein Arzt, zwei Ökonomen und Martin Hellmann. Er ist seit 1983 als Touristik-Berater eingesetzt. Wir, beziehungsweise die Entsendeorganisation, haben Herrn Hellmann eine sofortige Versetzung angeboten, aber bis zum Abschluß der Untersuchungen muß er natürlich noch bleiben.»

Anna hatte nur Stichwörter mitgeschrieben, Steno konnte sie nicht. «Und was passiert, wenn Hellmann der Mörder ist?»

Die BMZ-Stimme klang geschockt: «Das fällt nicht in meinen Bereich.»

«Ich meine, wie sieht es rechtlich aus. Könnte er in dem Land belangt werden?»

«Also, wissen Sie, ich kann Ihre Frage nur akademisch beantworten. Wenn einer unserer Experten sich in dem Entsendeland etwas zuschulden kommen läßt, fällt er automatisch unter die Gesetze dieses Landes. Experten genießen keine diplomatische Immunität. Genügt Ihnen das?»

Es reichte. Anna bedankte sich und legte auf.

Grubers Sekretärin brachte den Umschlag mit Geld und Flugscheinen. Schon der Anblick des Tickets bereitete Anna Übelkeit. Sie hatte Angst vorm Fliegen, Angst, die sie nur in Alkohol ertränken konnte. Ein leichter Schwips vor dem Einsteigen, eine Wolke von Gleichgültigkeit, die die Wolken unter ihr weniger furchterregend machen würde ... 15 Stunden fliegen ... hinterher würde sie aussehen wie ein Karnickel nach der Hetzjagd, kurz vor dem Abschuß.

Hunger, sie hatte plötzlich furchtbaren Hunger. Nur ein Brötchen zum Kaffee, sagte sie sich im Lift. Aber im zehnten Stock, nach dem Studium der Speisekarte war die Entscheidung schon zugunsten von Spaghetti gefallen. Hinterher würde sie wieder ein schlechtes Gewissen haben. Die lange Reue nach dem kurzen Genuß war ihr so vertraut wie das Aufwallen der Gier, der nicht zu bezwingenden Freßlust. Iß auf, sagte die Mutter, iß Anna, sei ein braves Mädchen ...

Sie teilte den Plastiktisch mit zwei politischen Redakteuren. Erfried Köbel, selbsternannter Afrologe, hielt einen Vortrag über die politische Lage im südlichen Afrika, während Anna Nudeln um die Gabel wickelte.

«Fünf vor zwölf», dozierte er mit Grabesstimme. «Was immer die Regierung macht, es ist zu spät, eine friedliche Lösung ist nicht mehr möglich. Nicht einmal die weißen Progressiven, die für die Eliminierung der Apartheid sind, gehen so weit, den Schwarzen ein Stimmrecht geben zu wollen. Und ein paar Reformen können die aufgestaute Wut des Mobs nicht mehr bremsen. So was kann man nicht schreiben, Kinder, aber die Regierung kann doch den Zeiger nur aufhalten, wenn sie die Unterdrückungsmechanismen verschärft. Und eines sage ich euch, wenn die Schwarzen erst einmal an die Regierung kommen, werden sie sich gegenseitig abmurksen. Und dann das Land kaputtmachen. Ist doch überall passiert in Afrika.»

«Du sortierst Scheiße nach Geruch, lieber Erfried», murmelte Kollege Herschel über seinem Vanillepudding. Den hatte Anna sich verkniffen.

«Finde ich auch», sagte sie, «du kannst doch ein Unrecht nicht mit einem anderen entschuldigen. Wie lange ist es denn in unserer Geschichte drunter und drüber gegangen, bis wir diesen feinen demokratischen Staat bekommen haben, den jeder bescheißt, so gut er kann.»

«Apropos, von den Kohlrouladen kriege ich Blähungen. Seit dem Regierungswechsel gibt es in dieser Scheißkantine nur noch Kohlrouladen.» Erfried hatte das zu laut gesagt.

«Hamburger Aalsuppe war euch Pinkeln wohl lieber», krähte ein Setzer vom Nebentisch.

Erfried, dem die Kommunikation mit der «Unterwelt» seit jeher ein Greuel war, setzte sich ab. Er habe eine Verabredung mit dem armen Lambsdorff. «Gute Reise, Anna, und laß deine manikürten Finger von der Politik.»

Arschloch. Anna rauchte ihre Verdauungszigarette und hörte den Gesprächen am Setzertisch zu. Für die unten waren die Redakteure im «Olymp» in der Regel blöde Heinis. «Det schreibt ja nich für unsereines, det kritzelt für sich selbst», hörte sie den dicken Heinrich sagen. Heinrich hatte, trotz der Umstellung von Bleisatz auf Computer, seine Methoden, es den Schreibtischtätern heimzuzahlen. In den Artikeln einiger Kollegen hatten sich immer fatale Druckfehler gefunden. Wörter mit fäkalischen Ähnlichkeiten waren besonders verwundbar. An die letzte große Tat der Unterwelt konnte Anna sich noch genau erinnern. Da hieß es in einem Leitartikel: Genscher pickt sich die Rosinen aus dem Kuchen. Als die Setzer dann den Außenminister Rosinen ficken ließen, war der Skandal perfekt. Oh, was hatten sie gelacht ...

Als sie dabei war, ihren Schreibtisch abzuschließen, kam der Chefredakteur in die Redaktion geschlichen: «Mach's gut, Anna, und bring uns eine blutrünstige Geschichte.»

Na klar, was denn sonst. Obwohl ihr die Leichenfledderei im Journalismus überhaupt nicht lag: Und was, mein Herr, sagen sie zum plötzlichen Ableben der Frau Gemahlin? Sind Sie für Selbstjustiz oder eine Wiedereinführung der Todesstrafe? Bitte weinen für den Fotografen. Wie, Ihnen fehlen die Worte? Dann muß ich sie Ihnen in den Mund legen ... Oh, einige Kollegen konnten das viel zu gut. Anna hatte noch eine Schamschwelle. Gottlob gab es auf ihrem Gebiet normalerweise keine Leichen. Nur politische ...

IV

Welcome to Samyana. In blauer Farbe gepinselt auf eine einst weiße Mauer im Flughafengebäude. Ventilatoren surrten an der Decke und verteilten heiße Luft. Es roch nach Schweiß. Anna, das geschundene Karnickel, zerknittert, rotäugig, reihte sich in die Schlange vor dem Holzpult. Der Mann in der weißen Uniform stempelte mit lässiger Langsamkeit. Anna lächelte ihr Zahnfleischlächeln. Nein, sie hatte keine pornographischen Magazine im Gepäck, keinen Whisky, dies ist ein Tonbandgerät und das eine Kamera. UND WENN DU MICH JETZT NICHT DURCHLÄSST, ERSCHEINT DER ARTIKEL IN DER WEIHNACHTSAUSGABE ...

Ein Stempel hier, ein Stempel dort. *Have a nice stay, Miss Mac.* Anna lächelte zurück. Sie fing erst zu fluchen an, als sie nach dem Handgemenge bei der Gepäckausgabe am Ausgang stand. Sie sah Palmen, Blumenbeete, einen Souvenirstand – aber keine Taxis. Das fing ja gut an. War überhaupt ein Mistflug gewesen. Neben ihr ein Drogist aus Würzburg, der seine Kinder in Johannesburg besuchte und ihr seine Lebensgeschichte erzählte. Er persönlich habe nichts gegen die Eingeborenen ... O Mann, hatte der sie genervt. Und dann der Flug von Johannesburg nach Basuto in der kleinen Wakkelkiste, mitten durch die Turbulenzen. Ja, und dann war in all dem Gerüttel die Tür zum Cockpit aufgeflogen, und Anna sah das Kräuselhaar. Ein schwarzer Pilot, auch das noch. Die Stimme, die sie das flüstern ließ, konnte nicht aus dem Kopf und schon gar nicht aus dem Herzen gekommen sein. Sie hatte sich sofort geschämt. Und wundersamerweise waren sie ja auch gelandet, ganz sanft, wunderschön.

«Sie sehen so verloren aus, kann ich Sie irgendwohin mitnehmen.» Der Engländer aus dem Flugzeug beugte sich aus dem Auto.

«Ja, wenn Sie mich ins *Holiday Inn* ...»

«Klar, steigen Sie ein.»

Sie fuhren zunächst schweigend. Anna starrte aus roten Augen auf die vorbeifliegende Landschaft, die in der Morgensonne in Rot getaucht war: Sand, Palmen, Sand, Palmen ... Irgendwann tauchten Hütten auf, aus Lehm und rund, mit Strohdächern, von niedrigen Mauern umrahmt. Anna sah mehr Vieh als Menschen: Ziegen, Schafe, Hühner, Hunde. Nicht so malerisch, wie sie es sich vorgestellt hatte. Ärmlich, schmuddelig, trostlos sah es aus.

«Sind Sie zum erstenmal in Afrika?»

«Ich war einmal in Kenia und einmal in Botswana, aber in diesem Teil Afrikas war ich noch nie.»

Der Engländer nickte. «Nicht sehr eindrucksvoll, die Straße zur Stadt, nicht wahr. Aber Basuto hat auch schöne Seiten. Der Strand ist herrlich, es gibt ein paar schöne Viertel da. Die Stadt selbst ist wie jede andere in Afrika. Greuliche Architektur, zu enge Straßen, keine Bauplanung. Das Afrika, das die Weißen schön finden, ist nur da schön, wo die Weißen wohnen.»

Nach zehn Minuten Fahrt wurde die Straße enger, die Besiedlung dichter. Anna sah Menschentrauben entlang der Straße, nicht ganz schwarz, eher kaffeebraun. Die Frauen trugen farbenprächtige Tücher um den Leib. Viele hatten Babies auf dem Rücken. Ein paar winkten. «Ich nehme in Afrika nie Anhalter mit, schwarze Anhalter. Irgendwann kommt ein Bus vorbei, und dann schwärmt die Horde in die City, auf der Suche nach Gelegenheitsarbeit – oder einem Weißen, den sie beklauen können. Wer ein paar Benquas verdient, versäuft sie in einer der Shebeen, den Eingeborenenkneipen. Diese Leute kennen kein Morgen, nur das Heute.»

Na, wenn das Heute schon so beschissen war, warum dann noch an Morgen denken ... Aber Anna sagte nichts, sie starrte auf die Slums, rechts und links der Straße: Elendsquartiere, manche nur aus Pappe und Blech zusammengeflickt. Anna hätte am liebsten die Augen geschlossen.

«Hier wohnen ein paar tausend Leute, und es werden täglich mehr. Wenn der Regen ausbleibt, kommen die Jungen in die Stadt, auf der Suche nach Arbeit, und die meisten bleiben hier hängen. Unbeschreibliche Zustände: auf 100 Leute kommen eine Toilette und ein Wasserhahn. Die Babies, die sie hier wie am Fließband produzieren, sterben wie die Fliegen. Das ist ein Naturgesetz, das die Afrikaner hinnehmen: daß nur die Stärksten überleben. Weißes Humanitätsgedusel ist hier völlig fehl am Platz.»

Bequem, so zu denken, dachte Anna. Damit läßt sich Mitgefühl prima zudecken. Am Straßenrand standen zerlumpte Jungen, die Holzfiguren, Ketten und Früchte anboten. Jedesmal, wenn sie an einem vorbeifuhren, sah es so aus, als ob er in das Auto liefe. Dünne Arme streckten sich ihr entgegen, offene, gierige Münder. «Kleine Gangster sind das», sagte der Engländer, «wollen nur die Touristen neppen.»

Nach den Slums kam das nicht minder häßliche Industrieviertel, und schließlich bogen sie in eine Prachtstraße ein, zweispurig und von Palmen umsäumt. Der Verkehr war chaotisch, sie kamen nur im Schrittempo weiter. Es war ihr unbegreiflich, wie sie es schafften, doch noch zum Hotel zu kommen. Das weiße Afrika: Ein weißer Kasten mit kitschigen Leuchtreklamen und manikürten Palmen. Anna bedankte sich und lehnte einen gemeinsamen Drink ab. Innen rote Teppiche und Plüsch, häßlich, aber von sanfter Kühle. Ja, ein Zimmer war gebucht. Sie sank wollüstig auf das breite Bett, riß sich die verschwitzten Kleider vom Leib. Und war tot für die Welt, für eine Weile.

V

Ein ekelerregendes Piepsen ... Es dauerte eine Weile, bis Anna, schlaftrunken, begriff, daß sie vom Telefon geweckt worden war. Sie griff gleichzeitig nach dem Hörer und nach einer Zigarette. Eine Stimme mit gepflegt bayerischem Akzent meldete sich: «Frau Marx? Frau Marx, mein Name ist Max Gebbels, Kanzler der Deutschen Botschaft in Basuto. Willkommen, und ich muß mich entschuldigen, daß niemand Sie vom Flughafen abgeholt hat. Wir sind von Ihrem Kommen verständigt worden, aus Bonn.»

Anna brummte was. Gebbels sah sich in seinem Vorurteil bestätigt, daß alle Journalisten arrogante Schnösel waren. «Darf ich Sie zum Mittagessen im Hotel einladen, in einer Stunde vielleicht? Ja, gut, bis dann.»

Sie stand mißmutig auf und öffnete die schweren Vorhänge. Ein Bild für Neckermann: Schmorende Leiber am tiefblauen Pool, schattenspendende Palmen über weißen Liegestühlen; schwitzende Kellner, die kühle Getränke balancierten; gebräunte Leiber an der Pool-Bar. Anna watschelte ins Badezimmer.

Während sie ihre Koffer ausleerte, dachte sie an ihre Mutter: Anna, die Schlampe. So, wie sie ihr Zeug reingeworfen hatte, kam es in tausend Falten wieder raus. Einigermaßen in Form geblieben war nur der Kaftan, sowieso ein praktisches Kleidungsstück, weil weit und verhüllend. Sie machte sich sorgfältig zurecht. Anna mochte ihr Gesicht: hohe Backenknochen, große, mandelförmige Augen und ein großzügiger Mund. Man müßte beim Hals aufhören.

Gebbels stand schon da, als sie sich der Bar näherte. Er sah ergreifend deutsch aus: blonde Locken, rundes, rosa Gesicht, blaue Augen, korrekter Anzug, Aktenkoffer.

Sieht gar nicht so übel aus, überlegte Gebbels. Er mochte barocke Frauen. «Willkommen in Basuto», wiederholte er und wies einladend auf einen Barstuhl. «Was möchten Sie trinken?»

«Ein Bier bitte.» Das halbe Dutzend Männer an der Bar musterte sie mit dem sattsam bekannten, schnellen, abschätzenden Blick. Unwillkürlich zog sie die Schultern vor und die Brust rein. Gebbels schnippte nach einem Kellner und bestellte, mit Annas Einverständnis, zwei Lobster Tropicane. Anna war hungrig, obwohl sie im Flugzeug zweimal gefrühstückt hatte. Würde wohl nichts werden mit dem Abnehmen, außer die erbarmungslose Sonne ließe das Fett schmelzen.

Sie aßen im klimatisierten Speisesaal, von Kellnern umschwänzelt, die Turbane trugen. Der Fisch sah besser aus, als er schmeckte. Der südafrikanische Wein war gut, aber schwer. Gebbels stocherte lustlos.

«Erzählen Sie mir doch mal von Frau Hellmann, Herr Gebbels. Haben Sie sie gut gekannt?»

Vorsicht, dachte er, jetzt gehst du auf Glatteis. «Ach, wissen Sie, Frau Marx, Sie müssen nicht glauben, daß wir Deutschen uns hier quasi auf die Füße treten. Natürlich kennt man sich, aber es gibt immerhin an die 40 Deutsche in Basuto. Insgesamt leben hier etwa 2000 Weiße.» Die Schwarzen, dachte er, braucht man nicht zu zählen, davon gibt es ohnehin mehr als genug. Aber es wäre ihm nicht im Traum eingefallen, so etwas zu einem Journalisten zu sagen. Er hielt sie ohnehin alle für links, im zweifachen Sinne des Wortes.

«Also ich kannte sie wirklich nur oberflächlich. Jochen Hellmann ist vor knapp zwei Jahren hergekommen, um der Touristikbranche auf die Beine zu helfen. Er ist, wie soll ich sagen, ein Mann mit Ideen, sehr impulsiv. Natürlich hat er wie wir alle lernen müssen, daß in Afrika die Uhren langsamer gehen. Er stieß anfangs auf beträchtliche Schwierigkeiten. Unser Präsident, ein kluger Mann, ist hundertprozentig für den Ausbau des Tourismus, die meisten Minister sind auch dafür. Aber eine Minderheit im Kabinett und der Führer der Oppositionspartei haben da ein bisserl quergeschossen. Sie kennen ja die Argumente: mehr Tourismus, gerade in Entwicklungsländern, soll mehr an Devisen verschlingen als einbringen, weil man so viele Luxusgüter importieren muß. Die Touristen von heute sind die Kolonialisten von gestern – der berühmte Spruch aus der linken Mottenkiste. Es gab da solche Probleme am Anfang, aber Gott behüte, es fing gerade an zu laufen. Na, und dann passierte diese unglückselige Geschichte.»

Die Untertreibung des Jahres. Anna schob den Teller weg. «Und Frau Hellmann, wie war sie?»

«Ach Gott, ich habe sie nur sehr oberflächlich gekannt. Eine hübsche Frau, sehr temperamentvoll. Sehr engagiert. Von Beruf war sie Lehrerin, glaube ich, aber Expertenfrauen finden ja im Ausland selten Arbeit. Frau Hellmann hat das gut kompensiert, glaube ich. Sie hat wohl gemalt, hat Tanzstunden gegeben und sich auch an Sozialarbeit in den Slums versucht. Es gibt da eine Gruppe von Frauen, die Gutes tun will. Ein Faß ohne Boden, wenn Sie mich fragen.»

Ich frag dich aber nicht. Anna hatte das Gefühl, daß er seine Worte sehr sorgfältig abwägte.

Gebbels verwünschte den Botschafter, der sich ausgerechnet diesen Tag ausgesucht hatte, um dringende Geschäfte in Johannesburg zu erledigen. Er hätte dieses Gespräch führen sollen, aber wie immer schickte der Botschafter seinen Kanzler vor, wenn es brenzlig wurde. Dann verschwand er einfach irgendwohin.

Anna bestellte noch ein Bier bei einem der als Mohren Verkleideten. Die trockene, klimatisierte Luft machte durstig. Eine gewisse Trunkenheit war sie gewöhnt. Die säuft, dachte Gebbels. Wohl eine dieser einsamen Alkoholikerinnen.

«Was passierte denn am Mordtag, Herr Gebbels. Waren Sie dabei, als man die Leiche fand?» Süße in der Stimme.

Der Kanzler unterlegte seine Stimme mit gewisser Trauer. Diplomaten haben Tonlagen für alle Anlässe. «Ich war gerade nicht da, Frau Marx, es ist also alles nur Hörensagen. Anscheinend war es so, daß der Ehemann den Botschafter in dessen Residenz anrief. Seine Frau sei ermordet worden. Dr. Halfft ist jedenfalls sofort rausgefahren. Es muß ein schrecklicher Anblick gewesen sein. Frau Hellmann lag blutüberströmt in ihrem Atelier, und die Tochter soll ganz furchtbar geschrien haben. Der Botschafter war noch geschockt, als er mir das am nächsten Morgen erzählte. Dr. Halfft hat jedenfalls sofort den Polizeichef angerufen. Ein gewisser Mmusi, ein fähiger Mann für einen Schwarzen. Mmusi hat in London studiert, sollte wohl in den diplomatischen Dienst, ist aber irgendwie in Ungnade gefallen. Die Polizei kam nach etwa 30 Minuten. Die Hellmanns wohnen ziemlich weit draußen am Strand.»

«Und die Angestellten, wo waren die?»

«Der Gärtner war angeblich weggegangen, und der Hausboy soll an diesem Tag zu einem Begräbnis gefahren sein. Die Leute hier haben ja dauernd Begräbnisse, jeden Tag stirbt ein entfernter Verwandter und wird mit Pomp und Glorie begraben. Dauernd betteln sie um freie Tage ... Entschuldigung, das gehört nicht hierher, nur zu Ihrer Information. Wie gesagt, das Haus liegt ziemlich isoliert. Anna hat sich über Zäune und Wachhunde ja immer lustig gemacht.»

Was er jetzt dachte, sah sie ihm an: Das hat sie nun davon. «Wird die Leiche nach Deutschland übergeführt?»

«Sobald die Behörden sie freigeben, ja. Annas Mutter ist gestern gekommen. Sie will mit der ... ähem ... Verblichenen zurückfliegen. Angeblich hat die alte Dame kein besonders gutes Verhältnis zu ihrem Schwiegersohn. Meine Frau hat übrigens angeboten, daß wir die kleine Margot erst einmal zu uns nehmen, aber Herr Hellmann hat diese Geste, man muß schon sagen, schroff abgelehnt. Nun, vorerst ist die Kleine ohnehin im Krankenhaus.»

Er mag ihn nicht, dachte Anna, die neidisch eine Bikinigestalt musterte, die sich am Beckenrand produzierte. Gebbels war ihrem Blick gefolgt. «Ach, das hätte ich bei unserem anregenden Gespräch beinahe vergessen. Meine Frau hat für heute abend ein paar Experten mit Ehefrauen eingeladen, und es wäre uns eine Freude, wenn Sie auch ... allerdings ... vielleicht sind Sie zu müde?»

Natürlich war sie zu müde, und Lust hatte sie auch keine, aber die

Gelegenheit, den Kollegenkreis kennenzulernen, konnte sie nicht auslassen. «Ja, gerne, wann soll ich kommen?»

«Ich hole Sie um acht Uhr im Hotel ab. Aber jetzt, liebe Frau Marx, muß ich wirklich gehen, ich habe einen Termin beim Finanzminister. Kann ich Sie in die Stadt mitnehmen?»

Anna unterdrückte ein Gähnen und den Wunsch, wieder ins Bett zu kriechen. «Ja, wenn Sie mich irgendwo in der Nähe des Polizeipräsidiums absetzen könnten?»

Der schwarze Dienstmercedes hatte auch noch eine protzige Flagge vorne, aber die nutzte auch nichts in dem Verkehrschaos auf der Fifth Avenue. Der Wagen brach sich gleichsam seine Bahn durch Autos, Fahrräder und Menschen, die die Autos in heiterer Gelassenheit ignorierten. An diesem frühen Nachmittag lag eine flirrende, feuchte Hitze über den Häusern und ballte sich in den Straßen. Gebbels parkte auf einem reservierten Platz vor dem häßlichen Botschaftsgebäude. Der Eingang war von einem riesigen Müllhaufen fast versperrt.

«Ich begleite Sie noch zur Polizeistation. Sie liegt nur ein paar Ecken weiter.»

Sie rempelten sich durch die Menge, vorbei an Krämerläden, Bars, Supermärkten, alles ein bißchen schäbig, mit kitischigen Schaufenstern und defekten Reklametafeln. In Basuto gäbe es so gut wie alles zu kaufen, schnaufte Gebbels, der es nicht gewohnt war, mehr als zehn Schritte zu Fuß zu gehen. «Kommt alles aus Südafrika, hier bekommen Sie Schweizer Käse und deutsches Bier, wenn Sie bereit sind, die saftigen Preise zu bezahlen. Frau Marx, um Gottes willen, achten Sie auf Ihre Handtasche. Hier wimmelt es von Taschendieben.»

Anna, erschreckt, umklammerte ihre Tasche. Sie schaute interessiert auf ein schäbiges Straßencafé. Die jungen Leute, fast ausnahmslos nach dem vorletzten europäischen Schrei gekleidet, wirkten grotesk in ihrer übertriebenen Aufmachung. Fast furchterregend. Viele der jungen Männer trugen Rasta-Frisuren. An einem Tisch saßen Weiße. Gebbels hatte sie auch gesehen: «In diese Kaschemmen gehen nur Entwicklungshelfer, unschwer an ihrer Aufmachung zu erkennen. Und natürlich finden die es schick, sich unters Volk zu mischen.»

Die können sich ein exquisites Ghetto auch nicht leisten, dachte Anna, die sich vage erinnerte, daß Entwicklungshelfer nur ein paar hundert Mark im Monat verdienten. Aber sie sagte nichts. Sie standen bereits vor einem schmutzig-weißen Gebäude, das sich per Schild als *Police-Headquarters* auswies.

«Hier wären wir. Hat mich sehr gefreut, Sie kennenzulernen, Frau Marx, und ich hol Sie dann im Hotel ab. Grüß Gott.»

Grüß Gott. Drinnen roch es nach Desinfektionsmitteln. Anna näherte sich vorsichtig einem Holztisch, hinter dem ein Uniformierter mit geschlossenen Augen friedlich dasaß – oder schlief. Er schreckte bei ihrem Gruß hoch, reagierte aber freundlich, als sie ihn nach dem Polizeichef fragte. Ob Sie einen Termin habe, fragte er. Hatte sie nicht, ob sie ihn dennoch sehen könne. «Ist er da?»

Ja, lächelte der Beamte, da sei er schon, aber er empfange nur nach Terminabsprache. Sein Englisch war schlecht, aber verständlich. Der Inhalt nicht. Da sie nun den weiten Weg von Germany gemacht habe, nur um ... ob sie nicht ... ausnahmsweise? Oh, wie lieb konnte Anna lächeln.

Nein, das sei unmöglich. Sorry.

Idiot. Ist ja wie zu Hause. Während sie überlegte, wie sie an dem langen Kerl vorbeischleichen könne, kam ein älterer Mann durch den Gang auf sie zu. An der Art, wie der Polizist die Hacken zusammenschlug, erkannte sie, daß es sich um eine höhere Charge handeln mußte. «Officer Mmusi?» fragte sie aufs Geratewohl.

«Der bin ich», sagte der weißhaarige Kohlrabenschwarze im blauen Anzug. Er war unglaublich fett und Anna sofort sympathisch. Sie sprudelte ihren Sermon herunter: Journalistin, *Wochenmagazin*, eben angekommen ...

«Ich habe nicht viel Zeit, aber für eine Tasse Tee wird es reichen. Kommen Sie mit in mein Büro.» Oberst Mmusi walzte voraus durch den Gang in ein Büro, das unglaublich schäbig war. Für Besucher gab es gerade noch einen wackeligen Stuhl. Anna setzte sich vorsichtig und wäre fast runtergefallen, als er mit seinem Spazierstock auf den Schreibtisch donnerte. Das Geräusch hallte durch den Gang, und Sekunden später steckte ein Mädchen den Kopf durch die Tür. Der Oberst bestellte Tee.

«Fräulein Anna Marx aus Bonn, wenn ich richtig informiert bin.»

Sie sah ihn erstaunt an. Sein rundes Gesicht war ein einziges Lächeln. «Wir sind nicht ganz im Urwald, liebe Frau Marx. Wir erfahren alles.»

«Auch, wer der Mörder ist?» Anna, nicht so mit der Tür ins Haus.

Wenn Mmusi mit höflicherem Einstieg gerechnet hatte, ließ er sich nichts anmerken. «Nein, aber wir werden ihn schon finden. Wir haben Anweisung von ganz oben, ihn zu finden. Wir sind ein friedliches kleines Land, wissen Sie. Ein Land ohne nennenswerte Rassenprobleme, ein Land, das gerade den Tourismus aufbaut. Und so ein unappetitlicher Mord ist, nun, sagen wir mal so, er ist keine gute Reklame für uns.»

Selbst Annas ungeübtes Ohr hörte, daß sein Englisch viel besser war als ihres, fast perfekt in der näselnden Aussprache. Hätte sie die Augen zugemacht, hätte da ein Kolonialengländer sitzen können.

Für eine Kraut, dachte Mmusi, ist ihr Englisch nicht so schlecht, und sie sieht nicht übel aus, sehr imposant. Sie war ihm sympathisch. Und wenn er sich schon mit Weißen messen mußte, dann bevorzugte er Frauen und solche, deren Englisch seinem unterlegen war. Er zündete sich eine seiner dicken, stinkenden Zigarren an und schlürfte den Tee, den ihm die Sekretärin gebracht hatte. Anna hatte mit Grauen zugeschaut, wie er sich fünf Löffel Zucker in die Tasse geschaufelt hatte.

«Zucker? Nein? Wie barbarisch, Tee ohne Zucker zu trinken.» Mmusi lächelte gewinnend. «Aber lassen Sie uns nun zu dem Mord kommen. Was wollen Sie wissen?»

«Alles.»

«Natürlich, wie konnte ich nur so dumm fragen. Also: Mittwoch um 14 Uhr ging Herr Hellmann, so seine Angaben, aus dem Haus zur Arbeit. Da sei seine Frau noch sehr lebendig gewesen. Um 18 Uhr, als er, direkt, wie er sagt, von seinem Büro nach Hause gekommen war, habe er sie in ihrem Atelier – sie war wohl eine Art Malerin – aufgefunden, tot. Er hat, wie Sie vielleicht schon wissen, zuerst den Botschafter angerufen, und seine Exzellenz hat uns erst eine halbe Stunde nach dem Auffinden der Leiche informiert. Die Polizei traf Viertel vor sieben am Tatort ein, nachdem ich dem Botschafter noch gesagt hatte, daß am Tatort nichts verändert werden dürfe. Der Gerichtsarzt, ein Dr. Patterson vom Krankenhaus, er macht das nebenbei, wir haben keinen hauptamtlichen Gerichtsmediziner, hat bislang herausgefunden, daß Frau Hellmann zwischen fünf und sechs Uhr gestorben ist. Die Messerstiche waren ziemlich dilettantisch ausgeführt, einfach so drauflosgestochen, aber zwei waren schließlich tödlich – einer im Bauch und einer im Herzen. Ein simples, ziemlich dünnes, langes Messer übrigens. Die Tatwaffe ist noch nicht gefunden worden, aber was Besonderes wird es nicht sein. Der Mörder oder die Mörderin schien sich gewissermaßen in Rage gestochen zu haben, so eine Art Blutrausch. Frau Hellmann muß sich anfangs wohl gewehrt haben, wir fanden Haut unter ihrer Fingernägeln, ein Stuhl und ein Beistelltisch waren umgestoßen. Aber wenn sie geschrien hat, hat keiner was gehört. Das Haus liegt recht einsam, und die beiden Angestellten waren nicht da.»

Anna hatte ihr kleines Tonband eingeschaltet. «Und das Kind?»

Mmusi paffte genüßlich an seiner Zigarre und spreizte beim Teetrinken seinen kleinen, fetten Finger. «Offenbar war das Kind in seinem Zimmer, dort hat der Mörder oder die Mörderin es eingesperrt, bevor er zur Tat schritt. Das nehmen wir jedenfalls an, denn die Kleine ist nicht vernehmungsfähig. Sie schrie noch, als die Polizei eintraf. Patterson hat ihr eine Beruhigungsspritze gegeben und sie dann ins Krankenhaus gebracht.»

«Was schrie sie denn?»

«Sie schrie den Namen ihrer Mutter und den Namen Beauty, sehr, sehr oft. Beauty ist der Name des Gärtners, seit fünf Monaten bei den Hellmanns. Er wohnte dort. Wir haben ihn erst einmal in Gewahrsam genommen, während wir sein Alibi überprüfen. Angeblich war er mit Freunden in einer Shebeen, eine dieser lokalen Bierkneipen. Er ist übrigens südafrikanischer Flüchtling.»

Mmusi schaltete den Deckenventilator ein, und Anna, naß in den Achselhöhlen, ließ sich dankbar warme Luft ins Gesicht fächeln. «Was sagt der Gärtner dazu?»

Mmusi verzog seine Lippen: «Er schreit rum von wegen südafrikanischem Geheimdienst. Wie alle Flüchtlinge hier leidet er in starkem Maße an Verfolgungswahn, wobei ich in aller Fairness sagen möchte, daß der manchmal berechtigt ist. Wir sind ein so demokratisches Land, wir lassen beide rein: die Flüchtlinge und den südafrikanischen Geheimdienst. Pardon, das gehört nicht zur Sache. Daß die Kleine seinen Namen geschrien hat, erklärt er sich damit, daß sie ihn zu Hilfe zu rufen versuchte. Sie mochte ihn sehr gern, das hat Herr

Hellmann bestätigt. Und da ist noch etwas, aber das schreiben Sie bitte mit Vorsicht. Nach Zeugenaussagen, auch der des Hausboys, hatte die Verstorbene, na, sagen wir einmal, ein sehr freundschaftliches Verhältnis zu ihrem Personal, besonders zu diesem Beauty.»

«Wie meinen Sie das?»

«Oh, nicht was Sie meinen. Das heißt, davon weiß ich nichts. Ich weiß nicht, wie das Verhältnis zwischen Herr und Diener in Ihrer Heimat ist, Frau Marx. Hier jedenfalls zieht man gewisse Grenzen, die sich aus gegenseitigem Respekt ergeben und dem Wissen um den Rang, den man bekleidet. Hier, in unserem Land, kann man es nicht verstehen, wenn zum Beispiel der Hausboy oder Gärtner mit am Tisch ißt – wie es bei den Hellmanns offenbar üblich war. Die beiden Angestellten haben die Ermordete auch nicht mit ‹Madam› angeredet, sondern mit deren Vornamen.» Mmusi schüttelte sich innerlich. Und sah an Annas verständnislosem Blick, daß sie nicht verstand. Während seiner Studienzeit hatte er einmal einen Abstecher nach Deutschland gemacht, nach München. Er erinnerte sich an seinen Besuch im Hofbräuhaus. Damals war er sich vorgekommen wie ein Wesen vom anderen Stern. Warum nur empfanden die nicht ebenso, wenn sie nach Afrika kamen?

«Sehen Sie, liebe Frau Marx, wir haben hier eine sehr schöne, von liberalen Engländern ausgefeilte demokratische Verfassung, die da sagt, daß alle Menschen, unabhängig von Herkunft, Rasse, Stellung, gleich sind. So was haben Sie wahrscheinlich auch. Aber das heißt noch lange nicht, daß wir hier eine klassen- oder rassenlose Gesellschaft haben. Wir zum Beispiel, lassen wir die Weißen außen vor, haben zwei ethnische Gruppen: die Ngamis und die Lenowos. Seit alters her sind die Ngamis der Stamm, der die, na, sagen wir, herrschende Klasse stellt. Das steht nirgendwo geschrieben, aber jeder weiß es. Auch unserer Oppositionspartei, die so laut nach Gleichheit brüllt, setzt sich bis runter zu den mittleren Chargen aus Ngamis zusammen. Übrigens, ganz am Rande, die Ngamis sind der hellhäutigere Stamm.»

Anna sah ihn an, und er las ihre Gedanken: Er, Mmusi, war ein Lenowo.

«Die Weißen, Frau Marx, sie spielen auch ihre Rolle hier. Wir haben die Südafrikaner, die noch viel lernen müssen, die Engländer, die ihre Überlegenheit diskret verinnerlicht haben, und die Europäer, die sich nach und nach in ihre Rolle hineinfinden. Frau Hellmann hat sich vielleicht nicht ganz an die Spielregeln gehalten, wenn Sie verstehen, was ich meine.»

Anna hatte ein bißchen verstanden. «Ist sie vergewaltigt worden?»

Einfache Logik, dachte Mmusi. Weiße Frau reicht Schwarzem kleine Hand, und er vergewaltigt sie. «Schwer zu sagen. Sie hatte Geschlechtsverkehr im Verlauf dieses Tages, ob mit oder ohne Gewaltanwendung, ist nicht festzustellen. Übrigens ... ähem ... nicht mit dem Ehemann. Sagt er jedenfalls.»

Er sah Annas kühlen, abschätzenden Blick und überlegte nicht zum erstenmal, daß man Frauen barfuß, schwanger und hinter dem Herd halten sollte. Jedenfalls nicht mit ihnen über solche Dinge reden. Er war ein altmodischer Mensch.

«Frau Hellmann trug eine Art Kimono, als man sie fand, und einen Slip darunter, sonst nichts. Sie muß ihren Mörder eingelassen haben. Aber sie führte, wie der Ehemann sagt, ein sehr offenes Haus, empfing viele Besucher. Es wimmelt von Fingerabdrücken, aber nichts, was uns im Moment weiterhilft.»

Er zündete sich seine kalt gewordene Zigarre an. «Ich nehme an, in Frankfurt oder London oder New York werden täglich Frauen umgebracht, aber hier in Basuto, die Stadt ist ja nicht besonders groß, hat das eine Welle von Hysterie hervorgerufen. Rassistische Tendenzen kommen an die Oberfläche. Wir werden laufend von Frauen angerufen, die sich von irgendwelchen Schwarzen bedroht fühlen – und sei's der Hausboy, den sie seit Jahren kennen. Die südafrikanischen Zeitungen haben die Geschichte natürlich entsprechend ausgeschlachtet. Als ob die nicht vor ihrer eigenen Haustür kehren könnten.»

Ein nervöser Polizist trat ein. Mmusi sprach kurz mit ihm und wandte sich an Anna: «Ich muß leider weg. Kann ich sonst noch etwas für Sie tun?»

Anna schaltete das Tonband ab. «Ja, natürlich. Ich würde morgen früh gern mit Beauty reden, dem Gärtner. Meinen Sie, daß das möglich ist?» Strahlendes Lächeln.

Er überlegte einen Moment. «Na gut, aber ich muß dabeisein. Kommen Sie morgen früh um neun in mein Büro. Dann fahren wir gemeinsam ins Gefängnis.»

Zu nachtschlafender Zeit, dachte Anna, bedankte sich aber überschwenglich. Er blieb sitzen, während sie ging. Ein prächtiges

Weib, dachte er, der Stolz jedes Mannes. Seine Frau, ebenfalls von beträchtlichen Ausmaßen, war alt geworden in letzter Zeit, die Stattlichkeit war aus dem Leim gegangen. Er dachte an Jean, die weiße Studentin in Oxford, seine einzige weiße Frau. Schön war sie nicht gewesen, viel zu dünn, aber von unendlicher Energie im Bett. Ob sie alle ...? Eine warnende Stimme. Er saß, wo er saß, nicht nur, weil er ein Lenowo war. Er war auch ein unvorsichtiger Mann. Sie hatten ein wenig Angst vor ihm, die da oben, und sie hielten ihn klein. Dieser dumme Mord gab Grund, ihn unter Druck zu setzen. Mmusi erhob sich schwerfällig von seinem Plastikstuhl, nahm den Späzierstock aus Ebenholz und machte sich auf zur Audienz beim Innenminister.

VI

Anna sah, was ihr sonst selten gelang, dezent aus. Sie trug das schwarze Seidenkleid, das die Verkäuferin als «figurumspielend» bezeichnet hatte. Die Haare waren zu einem dicken Zopf geflochten und das Make-Up dezent aufgelegt. Schmuck trug sie nie, nur die Platinuhr, die sie in einem Anfall von Größenwahn in Frankfurt gekauft hatte. Natürlich hatte sie vergessen, eine passende Abendtasche mitzubringen, aber sie war ohnehin keine Perfektionistin. Schließlich sind wir hier im Busch, dachte sie und nahm die braune Ledertasche, die sie einmal im Monat ausleerte, wenn das Gewicht fünf Kilo überstieg.

Gebbels hatte sie pünktlich abgeholt und war entspannter, herzlicher als mittags. Seine Frau, die das schmiedeeiserne Tor persönlich aufmachte, sah so gesund und wohlgenährt aus wie ihr Mann, sprach den gleichen bayerischen Oberklassenakzent. Sie scheuchte zwei Dobermänner weg, die Anna angst machten, und führte sie über einen gepflegten Kieselweg durch den riesigen Garten zum monumentalen Bungalow. Im Laternenlicht glitzerte ein Swimmingpool. Die leben hier vielleicht ... dachte Anna neidisch.

Innen war das Haus ziemlich protzig, überladen mit afrikanischem Kunsthandwerk. Anna sah auf den ersten Blick, daß sie viel zu fein angezogen war. Sie sah auch, daß die um die Hausbar versammelte Gruppe sie abschätzend bis feindselig ansah. Der

Hausherr übernahm die Vorstellung und begann mit einem mausbraunen Mann: schüttere Haare sorgfältig über die kahlen Stellen gekämmt, Goldbrille, die Hose und das taillierte Hemd um eine Spur zu eng: Dr. Klaus Biele, Berater im Wirtschaftsministerium, Unterstaatssekretär, ranghöchster Experte in Samyana. Das ist so wie bei uns, zum Namen brauchste Titel und Funktion, damit du mit dem Menschen was anfangen kannst. Anna lächelte, und Dr. Klaus Biele lächelte zurück: «Wir freuen uns immer, wenn neue Frauen nach Basuto kommen.»

Der Glatzköpfige neben ihm, Ernst Moltke, Finanzministerium, war mindestens 10 Jahre älter und teilte ein säuerliches Lächeln aus. Seine Frau hatte zu viel Make-Up über die Falten geschmiert. Die sucht nicht nur eine Story, die sucht auch einen Mann, dachte Frau Moltke. Sie übersah nicht, daß das dezente Schwarze leicht zerknittert war, und notierte befriedigt einen Minuspunkt.

Bernhard Streusemann, Diplom-Landwirt und im Landesinneren sein beträchtliches Salär verdienend, sah aus wie ein holsteinischer Bauer, seine Frau wie seine Zwillingsschwester. Er hatte nichts für Journalisten übrig, das Dolce vita in der Hauptstadt, seine Kollegen, deren Projekte. Er kam sowieso nur nach Basuto, wenn es unbedingt nötig war. Die Begrüßung war knapp.

Anna wandte sich der Familie Braun zu, beide Lehrer, sie ohne Arbeit, er im Erziehungsministerium. Noch ziemlich jung, Anna schätzte sie um die 30. Ina Braun sah nicht hübsch, aber irgendwo attraktiv aus, mit schwarzem Pagenkopf und spitzem Faunsgesicht. Ihr Mann war nicht Annas Typ: sehr dünn, die braunen Haare fielen ihm über die Nickelbrille, und er trug einen Ohrring. Aber beide waren sehr freundlich. Hans Braun sah sich als Intellektuellen und als solchem waren ihm Journalisten, soweit sie nicht von *Bild* kamen, angenehm.

Der mit Abstand attraktivste Mann kam als letzter dran: Rainer Schöne. Anna schätzte ihn um die 40. Er war mit dieser sorgfältigen Lässigkeit gekleidet, die viel Geld kostete. Seine schwarzen Locken waren ein wenig zu lang, aber die veilchenblauen Augen standen im wirkungsvollen Kontrast zum gebräunten Gesicht. Und er schien es zu wissen. Schöne war Oberarzt am Städtischen Krankenhaus. In seiner Rechten hielt er einen mindestens dreistöckigen Whisky. Entweder war er kurzsichtig oder leicht betrunken. «Frauen sind uns immer willkommen.» Er verbeugte sich vor Anna mit ironischer Geste. Sie fühlte sich sofort verlegen und fummelte in ihrer überfüllten Handtasche nach einer Zigarette. Gebbels drückte ihr einen Drink in die andere Hand. Da stand sie nun und hielt sich an beidem fest.

Von Essen war noch nichts zu sehen. Anna näherte sich Frau Moltke, die abseits stand und nicht so feindselig aussah. Sie hatte jene Art von Falten, die vor Unzufriedenheit schrien. So leicht anzuzapfen wie ein Bierfaß: «Wissen Sie, seit über 20 Jahren ziehe ich mit meinem Mann von Land zu Land. Irgendwann sieht alles gleich aus: die schmutzigen Städte, die armseligen Leute, die großen Häuser, in denen man nie heimisch wird. Und dann der Ärger mit dem Personal. Vielleicht beneiden Sie mich darum, daß ich keine Hausarbeit mache (UND WIE), aber Sie können sich gar nicht vorstellen, welchen Ärger man mit diesen Leuten hat. Sie klauen, sie lügen, sie lernen nie. Manchmal glaube ich, daß sie es mit Absicht machen. Mein Mann sagt immer, die sind unflexibel, aber ich glaub das nicht. Da steckt System dahinter, die hassen uns. Anna ist das erste Opfer hier. Ach, Sie heißen ja auch Anna. Was für ein merkwürdiger Zufall.»

So merkwürdig auch wieder nicht bei diesem Allerweltsnamen. «Hatte Frau Hellmann denn auch Ärger mit dem Personal?» fragte sie scheinheilig.

Herr Moltke, der den Dialog mißtrauisch beobachtet hatte, griff ein. «Ach, wissen Sie, über Tote soll man nicht schlecht reden, aber sie war schon eine blauäugige Linke. So nach dem Motto ‹Alle Menschen sind Brüder›, wissen Sie, und von Tatsachen ließ Anna sich niemals beirren. Man stelle sich vor, sie duzte das Personal, das mit am Tisch saß. Wohin soll das führen?»

Ja, wohin. Anna beobachtete fasziniert die Schweißperlen auf Moltkes Glatze. «Und ihr Mann, wie stand der dazu?»

Wer kommt schon gegen emanzipierte Weiber an, dachte Moltke und dankte dem lieben Gott, daß seine Frau zwar dumm, aber dafür auch nicht anstrengend war. «Ach, wissen Sie, der Jochen ist auch kein konservativer Mensch, in unserem Sinne. Gesagt hat er dazu wohl nichts. Aber Jochen arbeitet schließlich hier auf Regierungsebene. Da hat er auch gesehen, daß hier nur mit Wasser gekocht wird und nicht mit der Suppe der Brüderlichkeit.»

Anna, den Bauch voller Nüsse, sonst gab's wohl nichts zu essen, war von all den Cocktails, die man ihr in die Hand gedrückt hatte, reichlich benebelt. Ina Braun, die Frau mit dem Faunsgesicht, sprach sie an: «Ich finde nicht ganz fair, was Ernst da über Anna sagt. Wir waren befreundet, und ich habe sie besser gekannt als die anderen. Anna war eine starke Persönlichkeit, den meisten Menschen unheimlich. Sie werden noch viel Widersprüchliches über sie hören, Frau Marx, aber da Sie wenigstens eine Frau sind, hoffe ich, daß Sie ein halbwegs zutreffendes Bild von ihr zeichnen und nicht eines, das von den Ängsten der Männer geprägt ist.»

Ihre Stimme war sehr laut geworden, und die anderen hatten aufgehorcht. Hans Braun grinste beifällig, aber die anderen sahen betreten aus. Fand Anna. Gebbels Stimme klang begütigend: «Nun Ina, keiner von uns ist daran interessiert, Anna posthum zu diskreditieren. Ich bin überzeugt, daß Frau Marx hier fair zu der Toten, und, was auch nicht ohne Bedeutung ist, fair zu den Lebenden ist. Wir müssen alle damit rechnen, im *Wochenmagazin* zitiert zu werden.» Die Warnung war nicht zu überhören, alle schwiegen plötzlich. Frau Gebbels bat zu Tisch, in den ‹Salon›, und sie placierte Anna zwischen Ina Braun und Klaus Biele. Rainer Schöne setzte sie ans untere Ende, neben sich, um ihn unter Kontrolle zu halten, wie Anna glaubte.

Der schwere Eichentisch war beladen mit kalten Platten, und Anna verwünschte die Nüsse im Bauch. Gebbels dozierte über die Qualität südafrikanischer Weine, und Biele füllte ihr Kristallglas: «Das wichtigste in den Tropen ist eine widerstandsfähige Leber.»

Biele war ein angenehmer, amüsanter Tischnachbar. Anna lachte viel, trank zuviel, aß zuviel. Während der Kaffee serviert wurde – deutscher Bohnenkaffee, wie die Gastgeberin versicherte –, fragte Anna ihn, wieso er ins Ausland gegangen sei.

«Weil ich schwul bin, liebe Frau Marx.» Max Gebbels gegenüber zuckte zusammen. «Daß du das auch immer wie ein flammendes Schwert vor dir hertragen mußt.»

«Ich habe ihr auf eine einfache Frage eine einfache Antwort gegeben.» Die anderen sahen Anna erwartungsvoll an, als ob sie nun was Passendes sagen müßte wie «Ich habe keine Vorurteile gegenüber Homosexuellen» oder «Ich hoffe, Sie stecken mich nicht mit AIDS an» oder so was. Aber ihr fiel wirklich nichts dazu ein, außer, daß sie es schon geahnt hatte. Ihre Reflexe – Brust raus, Bauch rein – waren nicht in Funktion getreten.

Biele legte ihr ein Stück Schwarzwälder Kirschtorte auf den Teller und alles in Anna schrie «Nein». Und sie aß doch. «Ich bin», sagte Biele, «in aller Bescheidenheit ein brillanter Ökonom, aber bei meiner Veranlagung hätte ich zu Hause kaum Karriere gemacht, nicht in einem konservativen Beruf. Oder ich hätte mich ekelhaft verstellen müssen, so was schafft man nicht auf die Dauer. Also bin ich ins Exil gegangen, das ja erfreulich gut honoriert wird. Hier ist man toleranter, die Afrikaner haben nicht eine so verkrampfte Einstellung zur Sexualität wie wir.»

«Sie sind nicht toleranter als wir, sie wachsen einfach nicht mit den Tabus auf, die wir von Kindheit an eingetrichtert bekommen.» Das kam von Hans Braun. Der Ton war oberlehrerhaft. «Für Afrikaner gehört Sex zum Leben wie Essen und Trinken. Das Wort ‹Liebe› gibt es zum Beispiel in der hiesigen Sprache gar nicht. Wenn man sich zusammentut, dann aus wirtschaftlichen Gründen, oder weil Kinder da sind oder die Eltern die Verbindung arrangieren. Alles, womit wir den Sex beladen – Liebe, Treue, Ewigkeit –, kennen die hier überhaupt nicht.»

Frau Gebbels sah unbehaglich aus. Frau Moltke stocherte wütend in der Torte.

«Ich finde das schamlos, wie die schwarzen Mädchen sich hier wegwerfen und dann noch an weiße Männer. Und die vielen unehelichen Kinder hier, die finden sie wohl auch in Ordnung. Schamlos sind die hier, jawohl.»

Nach dem Gesichtsausdruck ihres Mannes zu schließen, hatte der eine andere Meinung von den losen Mädchen in Basuto, gab aber keinen Kommentar dazu ab.

«Wenn die hier die Pille nehmen würden und es keine Geschlechtskrankheiten gäbe, hätten wir hier ein Sexualparadies», warf Schöne ein, die giftigen Blicke der Hausherrin ignorierend.

«Dr. Schöne arbeitet an einem Bevölkerungsplanungs-Projekt», erklärte Gebbels entschuldigend.

«Er plant, und die Bevölkerung nimmt zu.» Schönes Stimme schlurrte schon ein bißchen.

Der Landwirt mischte sich zum erstenmal ins Gespräch: «Das dürfte jedem Kind klar sein, daß ihr nicht innerhalb von fünf Jahren mit ein paar Kursen über Empfängnisverhütung und Gratispillen die Geburtenrate senkt. So lange es hier, und das gilt für fast alle Länder der Dritten Welt, so lange es hier kein soziales Netz gibt, keine Versicherung im Alter – so lange sind doch die Kinder die einzige Altersvorsorge. Je mehr man davon hat, desto besser. Das mag in Basuto, wo die alten Familienstrukturen sich leider auflösen, anders sein als bei uns auf dem Land. Da kommt ihr Hauptstadt-Experten ja selten hin. Bei uns hat der Bauer nichts weiter als sein Stück Land, die Familie als Arbeitskräfte, sein Vieh als ‹lebende Sparkasse›. Und dann kommt so ein geschniegelter Beamter aus der Stadt und erzählt diesem Bauern, er dürfe nur zwei Kinder haben statt sieben oder zehn. Und der Bauer sagt: Aber was ist, wenn diese zwei Kinder sterben oder in die Stadt ziehen, wer versorgt mich dann im Alter. Die Regierung? Nee, Rainer, da müßt ihr euch schon was Besseres ausdenken. Und haltet den Papst raus aus Afrika. Der pfuscht euch Baby-Planern auch ganz schön ins Handwerk.»

Anna fragte sich, ob es der viele Alkohol war, der die Stimmung am Tisch plötzlich gereizt werden ließ.

«Und du meinst, nur du in deinem Musterdorf erkennst die Probleme.» Schönes Stimme klang scharf. «Du meinst, wenn du da draußen Brunnen baust und Saatgut verteilst und einen Traktor ranschaffst, verbesserst du so großartig ihr Leben. Nicht, mein lieber Bernhard, wenn der Bauer sein bißchen Land und Vieh auf acht Kinder verteilen muß und die Familie so von Generation auf Generation ärmer wird, bis das Land schließlich keinen mehr ernährt.»

«Der Wettkampf zwischen Storch und Pflug», sagte Frau Gebbels. Sie hatte den Satz irgendwo gelesen und fand ihn schön. «Aber Kinder, streitet euch nicht, unseren Gast interessiert das nicht.»

Anna lächelte beschwichtigend. Sie war so vollgegessen, daß sie sich kaum noch bewegen konnte, Biele bot ihr an, sie ins Hotel zu fahren, und sie nahm dankbar an. Sie gingen als erste, Frau Gebbels hoffte inbrünstig, daß die anderen bald folgen würden. Abschiedsfloskeln. Die Dobermänner kläfften. Der Himmel war von bedrohlicher Schwärze. Es war jetzt angenehm warm.

«Die Weißen in Afrika», sagte Biele im Auto, «sind eine sonderbare Rasse. Sie werden es heute abend gemerkt haben, sie beziehen immer extreme Positionen. Da gibt es die Rassisten, die immer Anschauungsmaterial und Argumente finden. Dann haben wir die Liberalen, denen im Grunde alles egal ist, so lange sie hier gut leben und aus ihrer Sicht Gutes tun. Und dann gibt es noch die Bimbophilen wie unser Freund Hans Braun. Der findet *black beautiful*, ausnahmslos und kritiklos. Ich habe bisher wenig Weiße in Afrika getroffen, die sozusagen normal auf ihre Umgebung reagieren, sensibel und mit Geduld, mit Verständnis für die Unzulänglichkeiten der einen und anderen Seite. Es ist sehr schwer. Aus unserem Elfenbeinturm heraus sehen wir wohl auch nicht genug. So, da wären wir.»

Einer von Annas vielen Fehlern: Sie konnte nie genug kriegen. «Kommen Sie noch mit auf einen Nachttrunk an die Bar?»

«Na gut, alleine können Sie da sowieso nicht rein.»

Anna stimmte ihm zu, als sie die Hotelbar betraten. Es war kurz nach Mitternacht, und die einzige noch geöffnete Bar, im Spielkasino, war proppenvoll. 90 Prozent Männer, schwarze, weiße, braune, blaue ... Sie standen in Dreierreihen an der langen Theke, und ihre Blicke zogen Anna aus und dann wieder an ... Es roch nach Schweiß, Bier und kaltem Rauch. An den winzigen Tischen saßen überwiegend schwarze Mädchen, jung, sehr jung die meisten, hübsch zum Teil, provozierend angezogen. Sie sahen merkwürdig uniform aus, diese Mädchen, mit hungrigen Augen und gierigen Mündern. Eine legte einem alten Weißen die Hand auf den Oberschenkel und zwinkerte Anna dabei zu. Anna grinste: kein sittlicher Ernst bei der Unsittlichkeit. «Sind das alles Nutten?» fragte sie Biele. Wie selbstverständlich man im Ausland deutsch sprach und meinte, kein Mensch verstünde es.

Biele schaffte es, zwei Cognacs zu bestellen. «Nee, nicht direkt. Amateurnutten, wenn Sie so wollen. Die haben keinen bestimmten Preis und erwarten nur, daß man ihnen hinterher was schenkt. Je weißer der Mann, desto großzügiger sollte das Geschenk sein. Huch, gucken Sie mich nicht so an, ich weiß das vom Hörensagen. Und halten Sie bloß Ihre Handtasche fest, in dem Gewühl geht mehr verloren als die Unschuld.»

«Erzählen Sie mir von Anna.»

Vorsicht, dachte Biele, sie ist lange nicht so betrunken, wie sie vorgibt. «Wir kamen ganz gut miteinander aus, Anna und ich. Sie war jemand, der sehr schnell Bekanntschaften schloß, extrovertiert wie sie war. Aber im Prinzip bewegte sie sich zu schnell, verstehst du. Kaum war man ihr nahe, war sie wieder ein Stück weiter. Ups, da ist mir das ‹Du› rausgerutscht. Wollen wir dabei bleiben?»

Anna nickte.

«Mein Name ist Klaus, Anna. Hast du schon ein Foto von ihr gesehen. Nein? Nun, sie war ziemlich klein, geformt an den richtigen Stellen, vielleicht ein bißchen breit in den Hüften. Ein herzförmiges Gesicht mit Stupsnase, sinnlichem Mund, grünen, großen Augen. Hellblonde, ganz kurz geschnittene Haare, ich glaube, die waren gefärbt. In Einzelteile zerlegt, Verzeihung, war vielleicht nicht so viel an ihr dran, aber der Gesamteindruck war verdammt attraktiv. Und Anna war so ungeheuer lebendig, in ihrer Gegenwart nahmen sich manche Frauen, auch Männer, fast leblos aus. Und Anna wollte alles mitnehmen, jeden Moment, jede Gelegenheit, jeden Menschen ...»

Anna schloß die Augen und versuchte, sich Anna vorzustellen.

«Wenn etwas dran ist, daß Opfer ihre Täter anziehen, dann trifft das vielleicht auf Anna zu. Sie war, wie soll ich sagen, etwas rücksichtslos in ihrem Drang nach Selbstverwirklichung. Ganz schön egoistisch. Selbst ihre soziale Ader, die sie hier rausließ, hatte was von dieser Exzentrik. Sie konnte weinend über das Unrecht der Welt aus den Slums nach Hause kommen und dann ihren Mann, oder wer immer da war, brutal fertigmachen. Ich will dir mal ein Beispiel sagen: Ich hatte mal einen jungen Amerikaner, Robin, in den ich ziemlich verliebt war. Eines Nachmittags nahm ich ihn mit zu Anna und glaubste, das Weib flirtete auf Teufel komm raus mit dem Jungen, der gar nicht wußte, wie ihm geschah. Hinterher hat sie mir lachend gesagt, daß sie nur testen wollte, ob Robin wirklich schwul war. Ich hätte sie umbringen können, damals. Nun hat's einer wirklich getan, möchte bloß wissen, wer ...»

Sehr nüchtern war er nicht mehr, der Klaus Biele. Er sprach schneller, der Berliner Akzent kam stärker raus. Anna, die konzentriert zuhörte, sah den Betrunkenen nicht, der ihr auf den Leib gerückt war. Sie spürte nur, daß ihr jemand in die Brust kniff. Es tat sehr weh. Sie drehte sich erschrocken um, Biele murmelte etwas, das so klang wie «das haste davon, wenn de mit Weibern ausjehst», und hielt den Schwarzen fest. «Wenn du die Dame noch mal anfaßt, Bruder, laß ich dich rauswerfen. Kapiert?»

Warum nicht gleich rauswerfen? Anna merkte, daß sie viel wütender reagierte, als sie es zum Beispiel in einer Bonner Kneipe getan hätte. Der Betrunkene grinste dämlich und torkelte zu einem der Tische. «Die Männer hier haben ausgesprochen schöne Ärsche», murmelte Biele, «wenn er mir in die Brust gekniffen hätte, hätt ich mich nicht beschwert. Meine Leber ist fast zu, sonst noch Fragen?»

«Für heute nur eine. Hatte Anna viele Affären?»

Biele schaute an sich herunter, auf die Erhebung des Bauches, wo sich das Hemd so bedrohlich spannte, daß der Knopf einen verzweifelten Kampf austrug. «Weiß ich nicht. Sie hatte dauernd das Haus voll, aber ob sie die Jungs mit ins Schlafzimmer genommen hat? Jochen hat jedenfalls ganz schön darunter gelitten. So, Inquisatore, mir langt es für heute abend. Komm doch morgen abend zum Essen, ich habe Jochen auch eingeladen, dann lernst du ihn locker kennen. Ja? Gut, wir sehen uns ...»

Bieles Blicke gingen in Richtung eines Farbigen, der ihn von der Tür aus anlächelte. Der Junge hatte derbe Gesichtszüge, aber einen schönen Körper, den er in engen Glanzhosen fast enthüllte. Sein Lächeln war träge, wissend und ein bißchen verächtlich. Anna stand schnell auf, ihr tat Biele plötzlich leid.

«Tschüs, bis morgen ...» Schwankend, aber aufrecht schaffte sie den weiten Weg – ihr Hotelzimmer lag wie immer am Ende des Gangs. «Die spinnen hier alle, und sie saufen zuviel», sagte sie laut, bevor sie in dem Schwarzseidenen ins Bett fiel und laut schnarchend einschlief.

VII

Was kann das schon für ein Tag werden, der damit beginnt, daß man aufstehen muß? Anna musterte sich im überdimensionalen Badezimmerspiegel, was ihre Stimmung keineswegs hob. Tränensäcke unter den Augen und feine Falten, die die Jahre mitzählten. Weiter runter wollte sie gar nicht schauen. Wenn ich nach Hause komme, schwor sie sich, beginne ich die Diät. Die Diät des ewigen Morgen ... Selbstdisziplin war ein Wort, das in Annas Wunschvorstellungen häufig vorkam, im Alltag selten. Von draußen vernahm sie die typischen Hotelgeräusche: das Klirren von Geschirr, ein surrender Staubsauger, Menschengeschnatter.

Um halb neun trat Anna aus dem Hotel, aus dem kühlen, ‹weißen› Afrika in die Morgenhitze. Sie sah keine Weißen auf den Straßen, die saßen mit Morgengesichtern in ihren Autos, weit entfernt von dem Gedränge auf dem Gehweg. Geschäftsleute schoben ihre Gitter hoch und enthüllten überladene Schaufenster, in denen europäischer Ramsch von vorgestern zu überhöhten Preisen angeboten wurde. Afrikanerinnen breiteten auf dem Gehweg ihre Waren aus, man mußte darübersteigen oder auf die Straße ausweichen und Autoberührung riskieren. Bei einer besonders dicken, besonders bunten Marktfrau blieb Anna stehen, um ein Foto zu machen – und bereute sofort. Die Alte setzte sich in Positur und grinste mit schadhaften Zähnen. Im Nu waren beide von einer Schar zerlumpter Kinder umringt. Das Bild war so gestellt, daß Anna nur noch automatisch auf den Auslöser drückte. Die Alte hielt ihre Hand auf und kreischte «*ten Benquas*». Anna rechnete schnell, das waren fünf Mark. Auch die Kinder plärrten auf sie ein, streckten die Hände aus, und Anna Marx war einmal wieder einer Situation nicht gewachsen. Sie nestelte ein paar Münzen aus der Tasche, klammerte sich an den Fotoapparat und flüchtete. Den Rest des Weges zur Polizei legte sie im Eilschritt zurück.

Mmusi stand schon an der Tür und begrüßte sie mit den Worten: «Sie sollten bei der Hitze einen Hut tragen, sonst verbrennen Sie Ihre schöne Haut.» Er sah so kühl aus. Wenigstens entdeckte sie auf seiner Nase ein paar Schweißperlen. Mmusi führte sie über den Hof zu seinem Wagen, einem schwarzen Mercedes. Er sah ihren kritischen Blick und sagte scherzhaft: «Wenn ich richtig informiert bin, ist dieses Auto in Ihrem Land kein Luxusartikel mehr.»

«In unserem Land haben wir auch einen satten Mittelstand.» Anna setzte sich vorsichtig auf den aufgeheizten Ledersitz.

«Der wird auch bei uns einmal kommen. Ihr seid zu ungeduldig. Der Fortschritt, den man uns mit rasender Geschwindigkeit aufzwingt, ist ein Vehikel, auf das bisher nur einige wenige aufsteigen konnten ... Viele bleiben auf der Straße, werden überrollt. Euer großartiges Staatswesen hat auch Jahrzehnte gebraucht. Entwicklung kann man nicht mit der Stoppuhr messen ...»

Anna erwiderte nichts, sie schaute und staunte. Zum erstenmal fuhr sie in Richtung Süden, aus der Stadt heraus und ans Meer. Die Straße verengte sich, aber links und rechts wurde das Umfeld deutlich schöner, deutlich reicher. Es blühte und wucherte in Gärten, die schon mehr Parks waren, und dann sah sie endlich das Meer: weißer Strand, blaues Wasser, Palmen – so schön und so kitschig, wie auf jeder Postkarte, die das Paradies vorgaukelt.

Überwiegend Privatstrand, sagte Mmusi und wies im Vorbeifahren auf ein weißes Gebäude von monumentaler Häßlichkeit. Die Residenz des Präsidenten. Auf dem Dach flatterte die blaue Fahne Samyanas, und vor dem schmiedeeisernen Tor stützten sich zwei Soldaten gelangweilt auf ihre Gewehre. «Unsere Leute», sagte Mmusi, «hätten kein Verständnis dafür, wenn der Präsident in einem bescheidenen Haus lebte.»

Er fuhr wieder schneller, vorbei am Yachtklub und Golfklub und Hotels, die sich hinter dicken Mauern verborgen hielten und die Sicht aufs Meer versperrten. Sie bogen in eine Sandstraße ein, die zu einem Eisentor führte. Zwei Polizisten salutierten und öffneten. Annas erster Eindruck war der eines Lagers: Der riesige Sandplatz war zwar bis zum Meer hin mit Stacheldraht eingezäunt, aber zwischen den kleinen, weißgetünchten Hütten und grünen Zelten waren Gefangene und Wärter nicht zu unterscheiden. «In den Häusern», sagte Mmusi, während sie im Schrittempo vorbeifuhren, «sind die Werkstätten, und die Gefangenen schlafen in den Zelten.» Ein paar winkten, und Anna winkte zurück. Wie sentimental die Weißen doch sind, dachte Mmusi. «Das Gefängnis hier ist leider keine große Abschreckung für unser Diebsgesindel. Sie tauschen eine armselige Freiheit gegen die Sicherheit von Essen und Arbeit aus. Und die Luft hier draußen ist besser als in der Stadt.»

Als sie vor dem einzigen zweistöckigen Gebäude hielten, wurde Anna klar, daß das Gefängnis hielt, was es versprach. Der Sicherheitstrakt für schwere Fälle war düster und abweisend. Ein Polizist öffnete die Autotür, und schon beim Aussteigen spürte Anna Rinnsale von Schweiß unter dem lächerlichen, teuren Tropenkostüm. Die dicken Mauern und winzigen Fenster bewirkten jedoch, daß es drinnen herrlich kühl war. Mmusi führte sie in ein kahles Zimmer, in dem vier Eisenstühle standen. Ein Wärter führte den Gefangenen ins Zimmer: Beauty Selebabwe, Gärtner, Flüchtling, vielleicht Mörder.

Sie hatten ihm den Kopf kahlgeschoren, und an den bloßen Armen und im Gesicht hatte er Narben, die frisch aussahen. Unter der Gefängniskleidung steckte ein starker, schöner Körper, aber sein grobes, zerschlagenes Gesicht stieß Anna ab. Selebabwe grüßte nicht beim Eintreten. Er setzte sich. Sein Gesicht war so völlig ohne Ausdruck, als sei er schon tot, überzeugt, daß der Strick schon um seinen Hals liege, und innerlich bereit, den letzten Schmerz zu akzeptieren. Er hat heimtückische Augen, dachte Anna und schämte sich. Sie wünschte sich, Mitleid mit ihm zu haben, und empfand doch nur Mitleid mit sich selbst. Sie zog das kleine Tonbandgerät aus der Tasche und eine Packung Zigaretten. Bot ihm eine an. Er nahm sie schweigend. Mörderhände?

«Beauty, dies ist Frau Marx, eine einflußreiche Journalistin aus Europa. Sie ist hier, um über den Mord zu schreiben. Du weißt gewiß, welchen.»

Anna schaltete das Gerät ein und hielt ihm das Mikrofon hin. «Wie war Anna Hellmann, welches Verhältnis hatten Sie zu ihr?»

Beautys Stimme war rauh und seine Antwort schnell und böse: «Wie kann ein armer Nigger wie ich was über 'ne weiße Frau sagen.»

Mmusi mischte sich ein: «Wir spielen hier nicht Onkel-Toms-Hütte, Mann. Benimm dich gefälligst, wenn du mit einer Dame sprichst.»

Der Gefangene starrte auf eine Fliege, die über sein Bein krabbelte. «Sie war», sagte er langsam und wie zu sich selbst, «ein guter Mensch. Denn für sie war ich nicht Gärtner, nicht Schwarzer, nicht Flüchtling. Ich war für sie ein Mensch, verstehst du. Und ihr sagt, ich hab sie umgebracht. Ihr wollt mir das in die Schuhe schieben. BRINGT MICH DOCH UM, so wie sie umgebracht wurde. Wußtest du, weiße Frau, daß in meiner Heimat, in Südafrika, weiße Gefangene als Henkersmahl ein ganzes Huhn bekommen, Schwarze nur ein halbes. Nein? Bis zum Tod sind wir keine Menschen. Nun, in diesem Scheißland kriege ich ein ganzes Huhn. Sie foltern hier nicht, aber prügeln tun sie auch. Es tat weh, Mann, verdammt weh, wie sie mich verprügelt haben.»

Anna sah Mmusi fragend an, der zuckte mit den Achseln. «Erzählen Sie mir aus Ihrem Leben, Beauty, ich meine, bevor Sie zu den Hellmanns kamen.»

Er leierte seinen Lebenslauf herunter, als ob er ihn auswendig gelernt hätte: In Soweto geboren, Mutter Hausmädchen, Vater verschwunden. In Soweto zur Schule gegangen, bis er 13 war, dann wegen eines Schülerstreiks von der Schule geflogen. Jobbte sich durch, bis die Polizei ihn erwischte. Keine Aufenthaltserlaubnis in Johannesburg, keine geregelte Arbeit. Sie wollten ihn in sein Stammesgebiet abschieben, das sie «Homeland» nannten. Er wußte nicht mal, wo das war, aber seine Freunde sagten ihm, was er dort erwarten könne: keine Arbeit, kein Geld, kein Vergnügen, nichts.

Grund genug, abzuhauen. Er floh nach Basuto, schlüpfte bei anderen Flüchtlingen unter, wurde aber nicht als «politischer Flüchtling» anerkannt. Kam dann zu den Hellmanns. Zum erstenmal Sicherheit, ein Zimmer, Geld. Er arbeitete ein bißchen im Garten, aber Anna Hellmann bezahlte ihm die Abendschule, malte mit ihm, behandelte ihn wie ein Familienmitglied. Er war glücklich da. Warum sollte er sie umgebracht haben?

Das fragte Anna sich langsam auch. Sie fragte ihn nach dem Mordtag, bot ihm noch eine Zigarette an, nach der er gierig griff. «Es war mein freier Tag, und ich bin erst gegen neun aufgestanden. Anna sagte immer, sie finde das blöd, wenn ich meinen freien Tag nicht ausnütze, aber ich bin in den Garten, um die Rosen zu gießen. So um zehn bin ich ins Haus, um Frühstück zu machen. Frank, der Hausboy, sah nicht gern, wenn ich in der Küche war, er meckerte so rum von wegen Sonderbehandlung. Noch die alte Onkel-Tom-Schule, und Südafrikaner mochte er sowieso nicht. Na, jedenfalls stichelten wir rum, wie fast jeden Morgen, er machte mir zu dünnen Kaffe, wie fast jeden Morgen, und regte sich über meine fünf Stück Zucker auf – als ob es seine Moneten wären. Irgendwann kam Anna in die Küche. Normalerweise frühstückte sie im Bett, aber sie war irgendwie aufgekratzt an diesem Tag. Sie gab mir ein Buch über Südafrika, ging dann raus. Das war das letzte, was ich von Anna gesehen habe. Gegen Mittag bin ich nach White City, zu Freunden. Wir sind in eine Shebeen und haben Bier getrunken, viel Bier. Wir haben Karten gespielt und über Politik geredet. Wir sind nicht vor Dunkelheit weg, es muß mindestens acht Uhr gewesen sein, da war Anna doch schon tot. Ich habe Zeugen ...»

«Ein Haufen von Besoffenen?» Mmusi schaute verächtlich auf den schluchzenden Riesen.

«Ich könnte tausend Zeugen haben, Mann, ihr würdet mich doch einlochen. Für euch sind wir doch der letzte Dreck. Die Angst vor den Südafrikanern frißt euch doch auf ...»

Mmusi schlug sich knallend auf den Oberschenkel, auf dem eine Fliege Zuflucht gesucht hatte. «Beleidige nicht unseren Staat, der dich immerhin aufgenommen hat. Und welchen Dank haben wir dafür? Ihr hetzt unsere Leute auf und beschimpft unsere Politiker. Wenn ihr das sozialistische Paradies sucht, geht doch nach Mozambique oder Zimbabwe. Aber dort könnt ihr das Maul auch nicht weit aufreißen, nicht wahr, dort wollen sie euch auch nicht haben ...»

Der Gefangene sagte nichts. Er sah Anna an, damit sie den Haß in seinen Augen sehen konnte, die ohnmächtige Wut. Er sah aus wie ein Tier in der Falle. «Warum», fragte sie, «hat das Kind deinen Namen gerufen?»

«Woher soll ich das wissen? Sie mochte mich, die Kleine, sie hat wohl um Hilfe gerufen, weil sie meinte, daß ich da war.»

«Eine Gegenüberstellung?» Anna wandte sich an Mmusi, der scheinbar gelangweilt aus dem vergitterten Fenster starrte.

«Wir wären sehr daran interessiert, aber die Ärzte lassen uns nicht einmal ins Krankenzimmer. Und sie sagen auch nicht, wann das Mädchen ansprechbar ist.» Mmusi war sichtlich ungeduldig. Er schaute anklagend auf seine goldene Uhr und murmelte etwas von einem Termin in der Stadt. «Sie können ja ein andermal wiederkommen, wenn Sie noch nicht genug von dem Kerl haben.»

Warum er nicht auf Kaution freigelassen würde, fragte Anna.

«Weil er erstens Flüchtling ist und zweitens ohnehin kein Geld hat.»

Anna packte das Tonband ein und stand auf. Sie drückte dem Gefangenen ihre Zigaretten in die Hand, eine lächerliche Geste der Solidarität. Er blickte zu ihr hoch, und in seinen Augen stand blanker Haß. Er machte ihr angst. Gib ihnen den kleinen, weißen Finger, und sie hacken dir die Hand ab ... Pfui, Anna, das konnte nicht vom Hirn, das mußte aus dem Bauch gekommen sein. Erinnerst du dich an Muttern, die sagte, wenn du nicht aufißt, kommt der böse schwarze Mann?

Während der Rückfahrt fragte Anna Mmusi, ob er Beauty für schuldig halte.

«Keine Ahnung. Sein Alibi ist wenig wert, aber sein Motiv macht mir Kopfschmerzen. Könnte mir allenfalls vorstellen, daß sie ihn mit ihrer übertriebenen Freundlichkeit so weit gebracht hat, daß er ihr ... ähäm ... nahegetreten ist. Und dann hat sie sich gewehrt und dann ... Wo kann ich Sie absetzen?»

«Im Krankenhaus, bitte. Werden alle Gefangenen so brutal mißhandelt?»

Er antwortete mit einer Gegenfrage: «Gibt es das bei euch nicht? Ich kann Sie selbstverständlich nicht daran hindern, über die Brutalität der hiesigen Polizei zu schreiben. Aber überlegen Sie mal, Frau

Marx, Polizisten sind auf der ganzen Welt gleich. Beauty ist ein aggressiver Typ, und wir haben hier auch ein paar aggressive Beamte. Aber ich versichere Ihnen, wir haben keine Folterkeller, das Privileg hat unser weißer, zivilisierter Nachbar.»

Gut gebrüllt, Löwe. Aber irgendwie ärgerte sich Anna, daß er sie bei der Dritte-Welt-Solidarität fassen wollte. Schreib etwas Böses über uns, und du schlägst in die Kerbe der Rassisten. Daß es überall passierte, war doch kein Grund, es als normal hinzunehmen. Daß es anderswo schlimmer war, machte es doch nicht besser. Anna schwieg.

VIII

Das *Princess-Anne-Krankenhaus* hatte nichts Königliches an sich: Eine Aneinanderreihung weißgetünchter Streichholzschachteln, von Sand umweht. Alles schien im Mittagsschlaf versunken, nur da, wo *Ambulanz* auf ein Holzschild gepinselt war, stand eine Menschenschlange von Frauen, Alten und Kindern. Sie bewegten sich kaum, und Anna, die auf der Suche nach der Privatstation vorbeihastete, konnte sich nicht vorstellen, wie sie in der Mittagshitze so geduldig dastehen konnten. Selbst die Kinder, soweit sie nicht im Tuch auf dem Rücken ihrer Mütter hingen, standen still, wischten sich nicht einmal die Fliegen aus dem Gesicht. Schließlich fand Anna die Station, auf der Margot Hellmann lag, ein langgestreckter Holzbau mit Veranda. Bevor sie sich durch Tür Nummer 2 durchgepirscht hatte, hielt sie ein rotgesichtiger Mensch im weißen Kittel auf. Eine Autoritätsperson: «Unbefugte haben hier keinen Zutritt», herrschte er sie an. Der Satz kam ihr in der Übersetzung bekannt vor. «Ich möchte Margot Hellmann besuchen.»

«Eine Verwandte.»

Anna, nicht sehr talentiert im Lügen, kam ins Stottern. Aber schon öffnete sich eine Tür, und eine weißhaarige Frau kam auf die beiden zu: Annas Mutter, Margots Großmutter, eine kleine, sorgfältig erhaltene Person mit hartem Gesicht und Locken, die so säuberlich gelegt waren, daß es eines Orkans bedurft hätte, sie in Unordnung zu bringen. Auch die Stimme war hart. «Wer sind Sie, und was wollen Sie hier?» Der Weißkittel verdrückte sich. Anna schluckte.

«Ehrlich gesagt, ich bin eine Journalistin aus Deutschland, genauer gesagt, aus Bonn.»

Schwein gehabt. Die alte Dame kannte das *Wochenmagazin*, hatte es sogar abonniert und hörte sich überdies gerne reden. Sie zeigte mit dem Stock auf die Veranda: «Dort können wir uns besser unterhalten.» Sie bestellte bei einer Krankenschwester, der vor Verblüffung der Mund offenblieb, Tee. Anna setzte sich vorsichtig auf einen lädierten Korbstuhl. Der Tee war widerlich süß. Die Großmutter nippte zierlich, und Anna starrte fasziniert auf den kleinen Finger, in der Erwartung, daß er sich jeden Moment spreizen würde. Sie holte ihr Tonband raus. «Erzählen Sie mir doch von Ihrer Tochter, wenn Sie mögen. Mein Beileid übrigens.»

«Danke, meine Liebe. Der Tee ist zu süß, aber in diesem Land können sie ja nichts ordentlich machen. Wenn Anna nicht hierhergekommen wäre ... Verzeihen Sie meine Tränen, Kindchen, aber sie war meine einzige Tochter, mein ein und alles. Ich habe sie allein großgezogen, mein nichtsnutziger Mann, jawohl, das können Sie ruhig schreiben, hat mich nach ihrer Geburt verlassen. Anna, mein Kind, sie war so schön, so voller Leben, so talentiert, ich kann es nicht begreifen. Alles habe ich für sie getan, wie oft habe ich ihr gepredigt, daß Männer die Wurzel allen Übels sind, und dann, im vierten Jahr auf der Kunsthochschule lernte sie diesen, diesen Klotz kennen, diesen Jochen, und sie hat alles hingeworfen und ist ihm in dieses Land gefolgt, diese schwarze Stinkgrube ... Ach, verzeihen Sie. Ich bin so bitter.»

Du bist auch verdammt unvorsichtig, dachte Anna. Frau Hansen hatte außerdem die Gewohnheit, jedesmal, wenn sie etwas betonen wollte, mit dem Stock aufzustampfen. Auf dem Band würde sich das ausnehmen wie eine Explosion. Und Anna hatte das Gefühl, daß der Stuhl nur auf das nächste Stampfen wartete, um unter ihr zusammenzubrechen.

Scheinheilige Anna. «Aber ihr Schwiegersohn leidet gewiß auch unter diesem Verlust?»

Wumm. «Ach, Kindchen, ich glaube nicht an die Leidensfähigkeit der Männer. Die wird Jochen schon wegspülen, so wie ich ihn kenne. Er ist ein Alkoholiker, habe ich zu Anna immer gesagt. Nun, ich glaube nicht, daß er sie glücklich gemacht hat.»

«Glauben Sie, daß der Gärtner ...»

Eleonore Hansens Stimme war haßerfüllt: «Ich weiß es nicht, aber ich traue diesen Wilden alles zu, alles. Meinetwegen können sie ihn aufhängen und die gesamte männliche Bevölkerung dazu. Was tun sie denn anderes als trinken und sich wie Karnickel vermehren? Haben Sie hier schon einen ernsthaft arbeiten sehen, so wie bei uns?»

Bei *der* Hitze malochen wie zu Hause? Anna, die sich an der Trägheit der Bewegungen auch schon gerieben hatte, hatte ihre Zweifel. Komm, barbarische Großmutter, wenn es nach dir ginge, würde man alle Männer kastrieren. Es war nicht klug von ihr, ihre ungesammelten Gedanken einem Massenorgan preiszugeben. Aber weder die harte Stimme noch der Stock waren zu bremsen. Und Anna wollte gar nicht bremsen.

«Stimmt doch, oder nicht. Diese Entwicklungshilfe ist doch Zeit- und Geldverschwendung. Was haben wir uns schon gestritten. Anna ist, war, natürlich von Jochen beeinflußt und fand alles höchst sinnvoll und edel. Sie lachte mich aus, meinte, ich sei voller Vorurteile. Einmal hat sie mich mit in diese Elendsquartiere genommen, wo sie mit ein paar Frauen arbeitete. Aber ehrlich gesagt, ich habe nichts als Ekel empfunden: Ekel vor dem Schmutz, vor der Gleichgültigkeit und vor der Rohheit dieser Menschen. Und wie sie uns angestarrt haben, mit diesen gelben Augen ... sehen Sie sich doch im Krankenhaus um, das Wort Hygiene kennen die doch gar nicht. Die paar weißen Ärzte können auch nicht vom Besten sein, sonst wären sie nicht an diesem gottverlassenen Ort ...»

«Wie geht es Ihrer Enkelin?» Der Stuhl ächzte.

Wumm. «Na, wie schon, schlecht natürlich. Alles, was sie hier tun, ist, sie mit Beruhigungsmitteln vollzustopfen. Wenn sie aufwacht, schreit sie, schreit nach ihrer Mutter, immer wieder. Sie gehört in die Hände von Psychotherapeuten, und das eine sage ich Ihnen, sobald sie transportfähig ist, nehme ich sie mit nach Deutschland. Keine Minute länger als nötig lasse ich sie in diesem Land. Jochen wird mich nicht daran hindern. Sie ist alles, was ich noch habe, die kleine Margot ...»

Anna sah mit Erstaunen Tränen aus den kalten Augen laufen. Sie gruben Spuren in die dicke Make-Up-Schicht, zerfurchten und vermenschlichten ihr Gesicht. Sentimentale Anna, die nie aus kritischer Distanz mit Leuten umgehen und über sie schreiben konnte.

Sie hatte plötzlich Mitleid mit ihr, fühlte sich schäbig, weil sie sie böse ausschlachten würde. Sie wollte etwas Tröstliches sagen, aber in diesem Moment stieß der Stock wieder dröhnend auf den Boden, und Annas Stuhl gab seinen Widerstand auf. Er brach schlicht zusammen. Anna, die versuchte, sich an dem Tisch festzuhalten, nahm den auch mit. Tonband und Tassen sowie 73 Kilo und Reste eines Korbstuhls lagen auf der Veranda verstreut. Eine Schwester kam angeflattert. Anna, noch auf dem Bauch, fühlte, ob was gebrochen war. Aus weiter Ferne hörte sie eine Stimme: «Du kommst gerade rechtzeitig, Jochen, um Frau Marx auf die Beine zu helfen.»

Scheißgroßmutter und Scheißstock. Anna öffnete die Augen und besah ihn sich von unten: sehr groß, sehr breite Schultern, Speck an den Hüften und leuchtend rote Haare, ziemlich lang, über einem breiten Gesicht, an dem eigentlich alles schief war: die grauen Augen, die Boxernase, der schmale Mund. Alles in allem ein ebenso häßliches wie anziehendes Gesicht. Er grinste. «Sehr angenehm.»

«Sehr unangenehm.» Anna ergriff seine Pranke und rappelte sich dankbar hoch. Bevor sie noch etwas sagen konnte, wandte er sich von ihr ab. «Ich schaue kurz nach Margot, dann könnt ihr euch weiter ungestört unterhalten. Die Buschtrommeln haben schon verkündet, daß die Aasgeier tief fliegen.» Er grinste Anna noch einmal an: «Aber Sie sind wenigstens ein hübscher Aasgeier.»

Sie mußte noch vom Fall benommen sein, ihr fiel nichts ein. Hellmann ging mit merkwürdig wiegenden Schritten weg. Eleonore Hansen sah sie mitleidlos an. «Sie sollten vielleicht abspecken, mein Kind. Ich habe Zeit meines Lebens auf meine Figur geachtet.»

Warum sind alte Leute nur so grausam? Annas Mitleid sank auf Null.

«Man muß dankbar sein, daß diese Bestie sie nicht noch vergewaltigt hat.»

Es klickte bei Anna. «Wieso sagen Sie das, Frau Hansen?»

Die Alte sah Anna zögernd an. «Ich weiß nicht, ob ich es Ihnen erzählen soll, aber nun, da sie tot ist, spielt es wohl keine Rolle mehr. Anna ist als junges Mädchen, mit 14, vergewaltigt worden. Ein Dummer-Jungen-Streich, sagten die Eltern dieser Unholde später. Wenn Sie mich fragen, dann sind 14jährige Jungen nicht mehr so dumm, daß sie nicht wissen, was sie tun. Ich wollte ja zuerst zur Polizei gehen, aber dann habe ich an Annas Ruf gedacht.

Ich bin nicht hin, aber ich habe in der Schule durchgesetzt, daß die drei geflogen sind. Und ich habe mit den Eltern ein ernstes Wort geredet. Es hat sie furchtbar mitgenommen, damals, sie hat Jahre gebraucht, um das Erlebnis zu überwinden, Männer sind eben Schweine, vom Tag ihrer Geburt haben sie nichts anderes im Sinn ...»

«Meine Schwiegermutter ist mal wieder bei ihrem Lieblingsthema.» Hellmann war auf die Terrasse gekommen. Anna fand in seinem Gesicht nichts, was darauf hindeutete, wieviel er gehört hatte. «Kann ich Sie irgendwohin mitnehmen, Gnädigste? Ich muß zurück in die Stadt.»

«Ja, wenn Sie mich freundlicherweise bei den Brauns absetzen würden.» Anna hätte gern mit ihm gesprochen, aber nicht in Gegenwart der Alten. Er nickte und marschierte voraus zu seinem Wagen, einem schmutzstarrenden Landrover. Eleonore Hansen trippelte schmerzgebeugt hinter ihm her. «Ich hoffe, daß Sie wenigstens eine schöne Geschichte über Anna schreiben. Jochen, du mußt ihr ein Foto geben. Junge, fahr nicht so schnell, hast du schon wieder getrunken?»

Anna war froh, als er sie absetzte. Sie war hungrig. Das Haus der Brauns stand in einer Reihe von zwölf identischen, flachen Kastenbauten. Regierungshäuser für Experten und hohe Beamte. Es lag nicht direkt am Strand, aber wenn Annas Orientierungssinn und die Brise nicht trügten, konnte das Meer nicht allzu weit weg sein. Sie öffnete die Gartentür mit der Nummer 1456 und hoffte, nicht von einem Wachhund bekläfft zu werden. Klingeln gab es in dieser Stadt wohl nicht. Kein Hund, sondern Ina Braun kam ihr aus dem Haus entgegen. Eine kühle Schönheit, makellos gebräunt und dieses in einem Nichts von Sommerfetzen zur Schau stellend. Sie lächelte und musterte ihren Gast. Annas teures Kostüm war von dem Sturz leicht verschmutzt, ihre Haare klebten im Nacken und ihr Gesicht war rot, Schweißperlen glänzten auf der Nase.

«Sie sind doch nicht etwa zu Fuß gelaufen bei der Hitze?»

«Ich mag so aussehen, aber nein. Jochen Hellmann hat mich freundlicherweise abgesetzt. Wir haben uns im Krankenhaus getroffen.»

«Ach, wie geht es denn der kleinen Margot?»

«Ich weiß es nicht, man hat mich nicht zu ihr gelassen.» Anna folgte ihr ins Haus, das um Nuancen kühler war, aber die Wände waren nicht dick genug, die Hitze abzuwehren. Ihr erster, ketzerischer Gedanke war: ein progressiver Haushalt. Das Mobiliar im kleinen Wohnzimmer war spärlich, und an den Wänden klebten Poster mit linken Kultfiguren. Das einzig edle Stück war eine Stereoanlage. Überall Blumentöpfe, sogar im Bad, wo Che Guevara sie anstarrte.

«Ich habe Eistee vorbereitet», rief Ina Braun von der Terrasse. Anna inspizierte den Korbstuhl, bevor sie hineinplumpste, und schlürfte dankbar Kaltes. Sie musterte ihr Gegenüber. Wenn sie etwas nicht leiden konnte, dann gazellenartige Frauen mit hohen Stimmen. Sie lehnte sich zurück und hörte zu. Die Stimme tat ihr fast körperlich weh.

«Wir führen kein typisches Expertenleben, mein Mann und ich, das dürfen Sie nicht glauben. Mein Gott, deren Leben ist so hohl, die leben in einem Elfenbeinturm, nicht in Afrika. So auf die Art der Gebbels, da waren sie ja gestern. Nichts anderes im Sinn als Yachtklub und Tennis und Parties und Klatsch. Alkohol und Sex sind ein beliebtes Gesellschaftsspiel. Denn es ist ja so langweilig hier, wissen Sie: kein Fernsehen, kein Theater, keine äußere Ablenkung. Und mit sich selbst können die meisten nichts anfangen. Sie zerbröckeln langsam in der Hitze, ja, wirklich, man kann fast dabei zusehen. Sie lösen sich auf, in Trägheit, Gemeinheit, ja, auch Rassismus. Mein Gott, die Frauen hier reden ja nur über ihr Personal und wie doof und diebisch das ist. Es ist zum Kotzen, und Hans und ich haben damit so wenig zu tun wie nur möglich. Wir haben, nun das werden Sie schon erkannt haben, eine andere Vorstellung von einem Leben in Afrika. Wir praktizieren Solidarität mit unseren schwarzen Brüdern, auch privat. Vor allem die südafrikanischen Flüchtlinge, Leute von der Universität, gehen hier ein und aus. Wissen Sie, der durchschnittliche Ngami ist politisch doch sehr träge. ‹Laß den Löwen schlafen›, sagen die Leute hier, und sie meinen damit Politik. Sie wählen immer die gleiche Partei, und sie fragen nicht, warum sie vom Kuchen nur die Krumen bekommen. Ach, ich könnte Ihnen da Geschichten erzählen.»

«Wie interessant.» Annas Magen knurrte. Es roch überhaupt nicht nach Essen. «Haben Sie ein Hausmädchen?»

«Aber nein, wir halten nichts von dieser Form der Ausbeutung. Wissen Sie, was die Haushaltshilfen hier verdienen, Frau Marx? Um die 100 Mark im Monat, und dafür dürfen sie von morgens bis abends schuften, sechs Tage die Woche.»

«Wer hindert Sie, mehr zu bezahlen?»

Journalisten waren wirklich nicht die Hellsten. «Es geht doch nicht um die Bezahlung, sondern ums Prinzip. Weiße Herren, schwarze Diener wie zu Kolonialzeiten – darum geht es.»

Und wer kochte dann? Anna fiel noch etwas ein über Arbeitsplatzbeschaffung, aber sie sagte nichts, weil die Haustür knarrte und Ina Braun aufsprang.

Hans Braun kam rein, mit einem Stapel von Papieren unter dem Arm und einem Gesicht, als hätte er einen Zitronenbaum verschluckt. Er ließ sich mit einem «Hallo da» auf ein Sitzkissen fallen. «Ein Scheißtag war das wieder – was gibt es zu essen?»

Anna hätte sich über Biodynamisches nicht gewundert, aber Ina Braun servierte ein Gericht mit Huhn und Ananas, scharf gewürzt und sehr schmackhaft. Anna schaufelte schamlos.

«Ich habe interessante Gerüchte gehört, Frau Marx. Was Reißerisches für Ihr Blättchen.»

«Was denn?» Sie überging die Spitze.

«Ein Beamter hat es mir im Ministerium erzählt. Angeblich sind heute morgen zwei junge Männer am Strand verhaftet worden. Sie waren high, und während des Verhörs sollen sie gestanden haben, einen Ritualmord begangen zu haben.»

«Ein Ritualmord?»

Braun betrachtete sie mit Wohlgefallen. Sie gefiel ihm, obwohl sie offenbar nicht sehr helle war. Aber sie war so schön fett, und er liebte fette Frauen mit großen Brüsten. Er würde es nie laut sagen, aber im Bett pfiff er auf intellektuelle, emanzipierte Frauen. Im Bett brauchte er ein Stück Wonne. Ina war da zu kompliziert. Über alles mußte diskutiert werden, Sex wurde zum technischen Vorgang, Gefühle analysiert, mit einem Wort, das tolle Gefühl verkam zur Langeweile. «So etwas hat es in Europa ja auch gegeben. Dazu muß ich erklären, daß wir in Samyana in knapp einem Jahr Parlamentswahlen haben. Und immer wenn wir Wahlen haben, kursieren diese Geschichten. Es verschwinden junge Mädchen, sagt man. Angeblich gehen irgendwelche Politiker zu irgendwelchen Medizinmännern und sagen denen, daß sie einen Sitz im Parlament haben wollen. Und der Medizinmann gibt ihnen diese Macht und Kraft, indem er jemanden beauftragt, einen Mord zu begehen, meistens an Jungfrauen oder jungen Knaben. Es muß ein sehr qualvolles Sterben sein, damit der *juju*, der Zauber, wirkt. Aber wie gesagt, alles Gerüchte. Die Leute hier werden hysterisch. Sie haben sicher gehört, daß einen Tag nach dem Mord an Anna ein paar weiße Rowdies einen Schwarzen verprügelten, der mit einer weißen Frau in eine Bar kam. Nein? So etwas sollten Sie schreiben, wie dünnhäutig die Toleranz hier ist und wie hohl das Gerede von der schwarzweißen Brüderlichkeit in unserem tropischen Paradies.»

Anna war platt, und Ina Braun fiel es schwer, den Ritualmord in ihr Afrika-Bild einzuordnen. «Ich glaube das nicht. Vielleicht haben ein paar Einheimische das Gerücht ausgestreut, um die Weißen ein bißchen zu erschrecken. Oder die Bullen suchen einen neuen Sündenbock, weil sie es dem Gärtner nicht anhängen können.»

«Wer, glauben Sie denn, war der Täter?»

Hans Braun zündete sich seine Pfeife an. «Ich glaube jedenfalls nicht, daß es ein Schwarzer war.»

«Warum nicht?»

Hans Braun dachte nicht im Traum daran, ihr mehr zu sagen, als er geplant hatte. «Ich kann es nicht erklären, Frau Marx, es ist nur so ein Gefühl.»

Anna hätte ihn beuteln mögen, er sah so verdammt selbstgefällig aus, wie er da an seiner Pfeife paffte und mit Genuß ihre Neugierde registrierte.

«Die Leute sagen, daß bei Ritualmorden das Opfer besonders lange leiden muß. Je größer die Schmerzen, desto besser wirkt der Zauber», sagte Ina Braun in das Schweigen hinein. «Beim letztenmal sollen einem kleinen Mädchen die Geschlechtsteile bei lebendigem Leib herausgeschnitten worden sein, und die Haut abgezogen.»

Pfui Teufel. Aber welch schöne Horrorgeschichte. Sie mußte unbedingt zu Mmusi und später im Hotel Gruber anrufen. Er würde begeistert sein. «Kann ich mal telefonieren?»

Er war zunächst nicht zu erreichen. Eine verschlafene Stimme versprach, ihn suchen zu lassen, und das dauerte zehn Minuten. Anpassungsfähige Anna, in Bonn hätte sie längst den Hörer auf die Gabel geknallt. Braun beobachtete sie, und seine Frau beobachtete ihn. Er hat es mit den Annas, dachte sie, wobei ihr schleierhaft war, was er an diesem Stück Fleisch fand. Ina bewunderte, liebte ihn mit fast besessener Ausschließlichkeit. Sie spielte mit, obwohl ihr seine sexuellen Wünsche auf die Nerven gingen. Seine Urlaute im Bett. Sie grunzte mit, aber ihm war es nicht genug, nie genug ... eines

Tages würden ihre Gefühle in Haß umschlagen. Und daß sie zum Haß fähig war, das wußte sie.

Mmusis Stimme klang gehetzt. Fünf Minuten, sagte er. Anna wandte sich an Hans Braun. «Könnten Sie mich auf dem Weg zum Büro absetzen?»

«Klaro.»

Braun fuhr ebenfalls einen Landcruiser – er brauche ihn für Fahrten ins Landesinnere, sagte er entschuldigend. Warum nur, dachte Anna, waren die Leute so ängstlich bemüht, ihren Lebensstandard herunterzuspielen. Sie war nicht neidisch. Oder höchstens ein bißchen. Braun fuhr, im Gegensatz zu Hellmann, extrem langsam und vorsichtig. Blieb jedesmal stehen, wenn aus einer Ecke jemand sehr, sehr langsam die Straße kreuzte. Er lächelte immer milde, wenn er auf die Bremsen trat. Er irritierte sie.

Mmusi saß in seinem Büro und paffte an einer seiner übelriechenden Zigarren. Der Ventilator verteilte heiße Luft. «Haben Sie die Buschtrommeln schon gehört, Frau Marx?»

«Na klar, Chief. Heißt das, daß Beauty jetzt entlassen wird?»

Diese Europäer mit ihren wahnwitzigen Geschwindigkeiten. «Nein, so weit sind wir noch lange nicht. Man hat zwei junge Burschen verhaftet, die immer noch unter dem Einfluß von Rauschmitteln stehen und so nicht vernehmungsfähig sind. Sie reden wirres Zeug und haben unter anderem einen Ritualmord erwähnt. Anna Hellmann ist nicht erwähnt worden, ich weiß gar nicht, wie solche Gerüchte entstehen.» Sogar der Minister hatte ihn schon angerufen. Die Stadt wurde langsam hysterisch. Allen voran die Politiker.

Anna rülpste und entschuldigte sich. Sie stank, es war nicht zu überriechen, nach Knoblauch. «Wie viele Ritualmorde hat es denn in Samyana schon gegeben?»

Mmusi seufzte. «Angeblich Hunderte. Konkret ist ein Fall bekannt, und der liegt drei Jahre zurück. Es wurde die Leiche eines dreizehnjährigen Mädchens gefunden, in Kapungo, 200 Kilometer von hier. Eine verstümmelte Leiche. Der Mörder, ein junger Mann aus demselben Dorf wurde gefunden, verurteilt, gehängt. Er war nicht ganz klar im Kopf, Dorftrottel würden Sie wohl sagen. Er gab an, in höherem Auftrag gehandelt zu haben. Aber erstens glaubte ihm keiner, und zweitens spricht man bei uns nicht über Medizinmänner. Es ist ein Tabu. Sehen Sie, ich glaube nicht an Zauber, aber ich spreche auch nicht gerne darüber, man kann ja nie wissen. Medizinmänner sind im traditionellen Gefüge unseres Landes immer noch mächtige Männer, wenngleich ihr Einfluß in den städtischen Gebieten immer mehr abnimmt. Sie waren für sehr lange Zeit die einzigen Priester und Ärzte in unserem Land, bis uns die Segnungen der Zivilisation erreichten und Missionare und Ärzte ins Land kamen. Sie wissen viel von der Heilkraft der Natur. Sie sind, das ist meine Meinung, eine gesunde Ergänzung zur modernen Medizin, die im übrigen unsere ländlichen Gebiete nur sehr spärlich erreicht. Medizinmänner sind außerdem ein Gegenpol zur Macht der Häuptlinge, sie sind die weisen alten Männer des Stammes. Sie werden respektiert, man fragt sie um Rat. Manchmal mißbrauchen sie ihre Macht, dann haben die Leute Angst vor ihnen. Das ist wie in der Politik.»

«Wie war das Mädchen verstümmelt?»

«Man hat ihr Fleischstücke herausgeschnitten, mit einer Schere. Das arme Ding muß wohl sehr gelitten haben.»

Anna schüttelte sich. Ihr entfuhr das Wort «barbarisch».

«Die Deutschen haben in ihrer jüngeren Geschichte auch Dinge getan, die man mit diesem Wort umfassen könnte», sagte Mmusi kühl. «Sehen Sie, wir Afrikaner haben ein anderes Verhältnis zum Körper, zu Schmerzen, zum Tod. Wir leben mit Riten, die Sie vielleicht als grausam empfinden würden. Ich will Ihnen ein Beispiel geben. Es gibt einen kleinen Stamm im Norden, die Niwas, die verehren Krokodile. Wenn sie einen Häuptling wählen, muß der sich eine Nacht lang an den Teich setzen, in dem die Krokodile sind. Wird er von ihnen gefressen, nun, dann wäre er kein guter Häuptling geworden; überlebt er, hat er seine Tapferkeit unter Beweis gestellt. Sie empfinden das sicher als barbarisch. Nun, ich empfinde es als barbarisch, wenn Europäer ihre Eltern in ein Altersheim stecken. Verschiedene Moralvorstellungen ...»

Mmusi mit seinen verdammten Vergleichen. «Glauben die Leute denn wirklich daran, daß so ein grausamer Mord einen Zauber bewirkt?»

Er zuckte mit den Achseln. «Offenbar. Als die katholische Kirche Ablässe verkaufte, haben die Leute wirklich geglaubt, daß sie sich damit einen Platz im Himmel kaufen können? Es gibt immer und überall Menschen, die an Unsinn glauben. Aber ich zum Beispiel glaube nicht, daß die beiden mit Anna Hellmanns Tod zu tun haben. Natürlich gehen wir der Spur nach. Mehr kann ich Ihnen im Moment wirklich nicht sagen.»

«Aber Sie sagen es mir, sobald Sie Näheres wissen? Wann sehe ich Sie wieder?»

«Vielleicht komme ich heute abend auf einen Drink ins Hotel. Ich könnte ihn gebrauchen.» Mmusi erhob sich schwerfällig und begleitete sie zur Tür. «Seien Sie vorsichtig, fragen Sie nicht zu viel über *juju*», sagte er zum Abschied.

IX

«Mensch Anna, das ist ja 'ne tolle Story. Paß auf, ich schicke dir den Fotografen runter. Mach was mit einem Medizinmann. Engelmann kann schon morgen unten sein. Buch ihm ein Zimmer. Und beeil dich ein bißchen, wir könnten das als Aufmacher für die nächste Nummer nehmen.» Was Gruber sonst noch sagte, ging im interkontinentalen Rauschen unter. Anna, nackt auf dem Hotelbett, eine Zigarette im Mund, legte erleichtert auf. Wenn der Chefredakteur lobte, war er besonders gefährlich. Und noch wußte sie nicht, wie sie die Geschichte anpacken sollte. Und wie, zum Teufel, kam sie an einen *juju*-Mann ran?

Gebbels rief an und lud sie für den nächsten Abend zu einem Empfang in die Botschaft ein. Fünf Minuten später döste Anna weg. Sie träumte von kleinen schwarzen Männern, die mit stumpfen Scheren Frauen die Brüste abschnitten. Einer beugte sich über sie, und sie schrie. Der dicke Mmusi stand über sie gebeugt, und sie flehte ihn um Hilfe an, aber er lächelte nur und murmelte, daß ihr Tod seiner Karriere nütze. Er müsse ihre rechte Brust braten und langsam kauen ...

Anna erwachte schweißgebadet und faßte sich an die rechte Brust. Die hing noch da. Sie watschelte unter die Dusche. Ein Wasserhahn auf 500 Leute ... Das kalte Wasser prasselte auf sie herab, und sie schnaufte wohlig. Sie wählte mal wieder den verhüllenden Kaftan und ließ die Haare runterhängen. Halb sieben, sie hatte noch eine halbe Stunde Zeit, bis Biele kam. Anna beschloß, auf ein Bier an die Pool-Bar zu gehen.

Die Lichter im Garten waren schon an. Die Nächte kommen

schnell in Afrika, innerhalb einer Viertelstunde hatte sich das strahlende Blau in ein Dunkelviolett verwandelt. An der Bar war *Happy Hour.* So nannte die Hotelleitung die Stunde zwischen sechs und sieben, in der doppelte Rationen Alkohol zum einfachen Preis ausgeschenkt wurden. In der ‹glücklichen Stunde› saßen und standen die Trinker in Dreierreihen an der Bambusbar und brachten die drei Barmänner zum Schwitzen. Man spülte die Hitze weg, den Staub und das Fremdsein. Man war fast unter sich: weiß und männlich.

Die Männer an der Bar musterten Anna, die auf ihr Bierglas starrte, eine unsichere Anna, die sich ausgezogen vorkam, wie bei einer Fleischbeschau. Gierige Blicke. Wie zu erwarten, löste sich aus der Trinkerreihe ein rotgesichtiger Mensch mit kurzen Khakihosen und weißen Kniestrümpfen. «Darf ich Sie zu einem Drink einladen?»

«Nein, danke.»

Blöde Kuh, dachte er, wozu sitzt sie dann hier. Er machte noch einen Anlauf, gab dann auf und wurde mit schadenfrohem Gelächter empfangen. Die Männer der ‹glücklichen Stunde› wandten sich wieder ihren Gläsern zu. «Laßt uns dem Alkohol frönen, der ist naß und willig und ziert sich nicht.»

Anna war erleichtert, als Biele um Punkt sieben Uhr erschien. Er war wieder ein Quentchen zu elegant angezogen: weiße Hose, weiße Schuhe, ein dunkelblaues, zu eng tailliertes Hemd. Makellos frisiert und manikürt. Er begrüßte sie mit zwei Küssen. «Und wie geht es unserer Starjournalistin heute abend? Mühsam auf den maroden Pfaden des Mordes gewandelt? Im Morast der Moral gewühlt? Scherz beiseite, ich hoffe, dir haben die Gerüchte um den Ritualmord nicht die Lust auf meine Gerichte verdorben. Mein Koch hat sich geradezu umgebracht ... Nein, was rede ich denn da, das Kadavern dringt langsam in meinen Sprachgebrauch ein. Es gibt Fondue mit leckeren Saucen.»

«Nein, es gibt nichts, was mir den Appetit verdirbt ... wie man sieht. Kommt Hellmann? Ich habe ihn kurz im Krankenhaus getroffen und hatte nicht den Eindruck, daß er von mir begeistert ist.»

Biele bestellte ein Bier. «Rauhe Schale, weiches Herz. Nein, er kommt. Keine Angst. Ist dir schon aufgefallen, daß in diesem Land Alkohol DAS gesellschaftliche Ereignis ist. Wir haben alle Schluckbeschwerden.»

«Bei den Brauns gab es nur Tee», sagte Anna im Auto.

Biele fuhr schnell und sicher, obwohl er fast ununterbrochen redete. «Ach ja, die roten Brauns. Sehr unbekömmliche Leute. Was sie in der Ersten Welt nicht geschafft haben, versuchen sie hier: sie zu verändern. Hilfsmittel dabei ist ein simples Weltbild: Gut und Böse, Schwarz und Weiß, Links und Rechts. Der Braun kann froh sein, daß die Leute hier so tolerant sind. Aber selbst im Ministerium hat man dem Guten schon ein paar linke Flügelfedern abgeschnippelt. Sein marxistisches Gedankengut war selbst denen zuviel. Die Reaktion ist überall, Redakteurin. Anpassung ist das internationale Gebot. Bekömmlicher als die Internationale. Ich habe sowieso jeden Grund, still zu sein. Reicht es doch, ein sexueller Außenseiter zu sein, Politik würde den Bogen überspannen. So, meine Liebe, hier wären wir ...»

Bieles Haus war architektonisch wenig reizvoll, einer der weißen Regierungskästen, aber der Garten war riesig und von üppiger Pracht. Bunte Lampen leuchteten ihn aus. Biele schloß das Gartentor und führte Anna auf die Terrasse. «Ich habe draußen decken lassen. Zwar werden uns die Moskitos auffressen, aber irgendwann sind auch die betrunken, und dann herrscht Frieden.»

Sie saßen in bequemen und schönen Rattanstühlen, ließen sich von Moskitos auffressen, tranken Whiskysoda und tratschten.

«Der Braun wird nie kapieren, wie sehr er von seiner progressiven Flüchtlingsclique ausgenützt wird. Die saufen und fressen sich doch auf seine Kosten durch. Und dann reden sie über Revolution, mein Gott, in diesem schläfrigen Land. Dabei läuft doch alles so schön. Hat er dich mit seinem Lieblingsthema schon behelligt, ‹progressives Schulsystem›, nein? Du lieber Himmel, so lange hier Grundschulen fehlen und Lehrer und Ausbildungsstätten für Lehrer, so lange kannst du doch nicht große Papiere zum System verfassen. Geld ranschaffen für den Bau von Grundschulen, das wäre sinnvoller. Einen Schulbuchverlag aufbauen. Leute reinbringen, die hier Lehrer ausbilden. Sie besser bezahlen ... Ach, ich weiß auch nicht, diese Ideologen sind mir alle zu hoch. Da ist mir der Jochen schon lieber, der hat so was Handfestes. Hach, da knirschen doch Räder ... das muß er sein. Er fährt ja immer wie ein Verrückter ...»

Auf Kleidung legte er offenbar keinen Wert. Die Hosen waren zu kurz und das verwaschene T-Shirt zu lang. Neben dem gepflegten Biele sah er fast komisch aus. Und erschöpft: Die Falten in seinem zerhauenen Gesicht traten scharf hervor, und seine trüben Augen hatten die Farbe alten Metalls. Er grüßte sie flüchtig, nicht gerade freundlich. Er ließ sich von Biele auf die Wange küssen. «Setz dich, Herzchen, trink einen und genieße die Anwesenheit einer schönen Frau. Von mir gar nicht zu sprechen.»

«Wenn meine Schwiegermutter noch länger bleibt, gibt es einen zweiten Mord.» Hellmann ließ sich krachend in den Rattansessel fallen und trank durstig von dem Bier. Er musterte sein Gegenüber: Im Kerzenlicht sah sie hübsch aus, der fette Aasgeier. Ein schönes Gesicht mit hohen Wangenknochen und sinnlichem Mund, große Augen, schönes Haar, zierliche Hände und Füße. Vom Rest sah man nicht viel unter dem wallenden Gewand. Jemand zum Reinbeißen ...

Der Tisch war erlesen gedeckt. Ein alter Mann mit weißem Haar servierte schlurfend, und Anna lächelte ihn dankbar an. Sie war sehr hungrig. Filetstücke zischten im Öl, wurden liebevoll in Saucen getunkt, Weißbrot knackte, Gläser wurden mit Rotwein gefüllt, zu oft, und Anna aß, wie immer, zuviel. Sie lachte zuviel über Bieles boshaften Klatsch, und sie schaute zu oft zu Hellmann hin. Wenn er lächelte, wie eben, wurde sein Gesicht ungeheuer anziehend, dachte Anna. Sie war fast glücklich.

Das häßliche Bild dürrer, zerlumpter Kinder schob sich vor ihre satte Zufriedenheit. «Eines verstehe ich nicht», sagte sie, während sie ein Fleischstück in Knoblauchsauce tunkte: «Samyana ist ein so kleines Land, ich meine, gemessen an der Bevölkerung. Auch kein ganz armes Land, mit der Diamantenmine. Und ich meine, in meinen Unterlagen gelesen zu haben, daß im letzten Jahr sechs Milliarden Mark Entwicklungshilfegelder reingepumpt wurden, das macht bei einer Bevölkerung von 600 000 Leuten ... das macht ...»

«Eintausend Mark pro Kopf und Jahr.» Das kam von Hellmann. Schon wieder ein Greenhorn, daß Entwicklung logisch erklärt haben will, dachte er belustigt. Diese komplizierte, bürokratische Verschachtelung von Geld und Interessen war weder mit Statistiken zu erklären noch mit dem, was sich gesunder Menschenverstand nannte.

Biele öffnete seine Hemdknöpfe und ließ einen zufriedengestellten Bauch frei. «Du meinst, Anna, wenn man jedem hier tausend Mark in die Hand drückt, dann wäre das eine gerechte Verteilung, jeder würde satt werden. Sehr hübsch. Aber wer baut dann Straßen, Schulen, Krankenstationen. Was machen die Leute mit dem

Geld? Einige würden es sicher sinnvoll anlegen, aber viele würden es versaufen, sich Luxusgüter kaufen, Radios, Schnickschnack. Nee, so geht dat nich.»

Ich hätte nicht damit anfangen sollen, dachte Anna, ich mach mich nur lächerlich.

«Entwicklung», erklärte Hellmann, «können wir ihnen sowieso nicht aufzwingen. Wir verfolgen unsere Interessen, politisch und wirtschaftlich, und sie ihre, und so benützen wir uns gegenseitig. Nur machen die hier in Samyana den Fehler, den fast alle Länder machen. Sie bauen eine Elite auf und keinen Mittelstand. Was fehlt, sind Handwerker, geschulte Landwirte, vor allem in den ländlichen Gebieten. Was fehlt, ist eine Volksbildungsbewegung. Was nützt es einem Kleinbauern, wenn die Regierung ihnen günstige Kredite gibt, aber die wissen nichts davon in ihrem gottverlassenen Nest, können sowieso nicht lesen und schreiben. Wissen ist Macht, wie es so schön heißt. Und vermutlich liegt den Mächtigen gar nichts daran, ein wissendes Volk zu haben. So sind die doch viel bequemer. Wer Hunger hat, gerade so ein bißchen, schreit nicht nach politischer Veränderung. Und die Politiker hier sind nicht anders als bei uns auch, die schauen erst mal nach den eigenen Pfründen. Und die machen, mit unserer tätigen Hilfe, manchmal Projekte, die entwicklungspolitisch wirklich nicht mehr ...» Hellmann brach abrupt ab. Er hatte vergessen, daß da eine Journalistin saß: eine verdammt schöne, vielleicht auch nicht mehr nüchterne, aber trotzdem ...

«Eiscreme mit Rumobst oder gleich Kaffee, ihr beiden?»

Eiscreme, schrie die kleine Anna, und die große sagte: «Kaffee und Cognac, wenn's geht.»

Charly, der alte Koch, wurde beim Teetrinken gestört. Er schlurfte auf die Veranda und begann, abzuräumen. Es war ihm unbegreiflich, wie die Weißen so scheußliches Zeug essen konnten wie diese rohen Fleischstücke, die sie ins heiße Fett tauchten.

Biele schenkte Kaffee ein und Cognac in großen, vorgewärmten Gläsern. Es war ein bißchen kühler geworden, der Hauch einer Brise kam vom Meer. Moskitos stürzten sich blutrünstig auf nacktes Fleisch. Der Sternenhimmel war von strahlender Schönheit. Anna, ein Glas in den Händen, träumte von einem Haus am Meer und Romanen, die sie hier schreiben würde.

«Sie sehen aus wie ein kleines Mädchen, das sich eine Sternschnuppe wünscht», unterbrach Hellmann ihre Sternschnuppenminute.

«Mindestens den großen Wagen.»

«Weiber sind gierige Geschöpfe.» Biele schüttelte sich.

«Ich will ja nur ein winziges Stück vom Himmel.» Anna merkte, daß ihre Stimme ein wenig schlurrte. Der Mord, die Redaktion, das war alles sehr weit weg. Bis die grauen Zellen die rosaroten verdrängten: «Meinen Sie, ich könnte ein Foto von Ihrer verstorbenen Frau haben, oder zwei?»

Hellmann sah sie angewidert an: «Von irgendwoher werden Sie es ja doch bekommen, also in Gottes Namen. Aber eines möchte ich doch gerne klarstellen, Frau Marx. Ich gebe keine Interviews, ich will nicht zitiert werden. Ich habe nicht das Bedürfnis, auch noch meinen Job zu verlieren.»

Anna war wütend. Biele lenkte ein: «Na hör mal, die schmeißen dich nicht so schnell raus. Versetzen werden sie dich, wenn die Geschichte abgeschlossen ist, da würde ich mir keine Sorgen machen. Sag mal, ist die Leiche schon freigegeben?»

«Ja, ist sie. Meine Schwiegermutter will den Sarg mit nach Deutschland nehmen, sobald Margot transportfähig ist. Wir haben sie einbalsamieren lassen, Anna, meine ich. Gott, wie mich die Alte haßt. Mit einer Intensität, die mich zittern macht. Ich kann sie nur ertragen, wenn ich besoffen bin ... In diesem Sinne, schenk nach. Frau Marx hat auch nichts mehr.»

Frau Marx wurde langsam, aber sicher betrunken. Sie spürte das wohlige Abgleiten, das Sterben der Warnmechanismen. Sie saß mit gekreuzten Beinen da, der Kaftan war unzüchtig hochgeschoben, die Haare zerwühlt, und sie lächelte. Jochen Hellmann begann sich zu verlieben. Er kannte die Symptome nur zu gut: Sein Ohrläppchen begann zu jucken, das linke. Falsche Zeit, falscher Ort, falsches Subjekt, dachte er, aber sein Ohr hörte nicht darauf.

«Der Botschafter», sagte Biele in die blaue Nacht hinein, «trägt Schuhe mit Absätzen, um größer zu wirken. Sie werden ihn ja morgen kennenlernen, Anna. Eine Karikatur der alten Schule. Gotha und Knigge in allen Lebenslagen, Protokoll in der Westentasche, aber keine Ahnung von Politik. Gottlob ist dies sein letzter Posten vor der Pension, dann ist er aus dem Verkehr. Halfft, wie wir alle wissen, wird von seiner Frau beherrscht und bis zur Impotenz zerquetscht. Das Weib ist eine Walküre mit dem Herzen eines Krokodils. Sie giftet hier rum und macht allen das Leben sauer. Erinnerst du dich, Jochen, als ich hier ankam? Madame hörte von meinem Gebrechen, und flugs wurde ich zur Botschaft zitiert. Ihm war es sichtlich unangenehm: ‹Äh, lieber Biele, wir haben von Ihren – äh – privaten Neigungen gehört, nichts dagegen einzuwenden, im Prinzip, aber Sie müssen bedenken, daß Sie hier sozusagen deutsches Aushängeschild sind, nicht wahr, und in diesem Land steht Homosexualität auf gleicher Strafebene wie Sodomie und Vergewaltigung, und – äh – ich darf Sie doch im Namen der Regierung, so hat er das tatsächlich formuliert, bitten, Ihre – äh – Neigungen gewissermaßen sehr diskret, na, Sie wissen schon ...›

‹Soll das heißen, daß ich für das Vaterland hier drei Jahre masturbieren soll›, habe ich geantwortet. Hinterher habe ich erfahren, daß die Alte dahintersteckte. Sie hat sich nie was anmerken lassen, behandelt mich mit der höflichen Fürsorge, die man einem Krebskranken zuteil werden läßt. Dämliches Weib.»

Eine Stunde und vier Cognacs später wurde Hellmann sentimental. Irgendwas riß in ihm. «Keiner hat den Mut, mich zu fragen, ob ich's getan habe, ob ich sie umgebracht habe. Aber irgendwo sitzt die Frage, ich merk das doch bei meinen lieben Freunden. Und ich hätte ja Grund gehabt, nicht wahr, sie hat mich ja oft bis zur Weißglut gereizt. Und die Kollegen, mein lieber Klaus, die würden mich lieber heute als morgen los sein. Was bin ich denn anderes als ein dummer Hund, ein Stück Peinlichkeit. Gott, wie mich alles ankotzt. Anna hat wie immer das letzte Wort gehabt. Nun ist sie tot, hat's überstanden, aber ich, verdammt noch mal, muß weiterleben. Und noch eines will ich euch erzählen, weil ich blöd bin. Margot ist gar nicht mein Kind. Das weiß ich seit ziemlich genau zwei Monaten. In Nairobi, bei der üblichen Tropenuntersuchung habe ich einen Spermatest machen lassen, weil, na ja, ich weiß auch nicht. Kurzum, ich bin überhaupt nicht zeugungsfähig, alles nutzlose Spermen, ich habe nie und werde nie Kinder zeugen können. Und was, meint ihr, hat Anna gemacht, als ich ihr die Wahrheit ins Gesicht schrie. Eine Meisterleistung: Sie klagte an. Sie habe schon immer gewußt, daß ich zeugungsunfähig sei, und weil wir uns so sehr ein Kind wünschten, habe sie, in ihrer menschlichen Größe ... Sie war wirklich gut. Hat mir allerdings nicht erzählt, wer denn nun der Vater ist. Wenn ich das wüßte ... Und jetzt kann sie es mir nicht mehr sagen ...» Er weinte. Anna sah zum erstenmal einen Mann weinen. Er saß da wie ein verlorenes Riesenbaby, ein entmannter Mann. Hatte er sie nun umgebracht? Biele stand auf und wischte ihm sehr sanft die Tränen von den Wangen, hielt ihm ein Glas an den Mund. Alkohol, Retter aller Situationen. Hellmann nahm einen kräftigen Schluck: «Entschuldigung, ich hab mich gehenlassen. Verzeihen Sie mir, Anna.»

Anna schwankte zwischen Mitleid und Neugierde, und da war noch was. Aber darüber mochte sie schon gar nicht nachdenken.

«Anna ist tot, Jochen, und das Kind kann nun wirklich nichts dafür.» Biele verwünschte die andere Anna. Typisch für Jochen, im falschen Moment zusammenzubrechen.

«Als ob ich das nicht wüßte, Freund. Aber was ich mit meinem Verstand weiß, überträgt sich nicht mehr aufs Gefühl. Am besten ist, wenn Margot bei ihrer Großmutter bleibt. Ich bin zu sehr mit meinen Leiden beschäftigt, als daß ich dem Kind jetzt helfen könnte.»

«Vielleicht ist das wirklich das beste», sagte Anna, der Freund, der Feind. «Eine andere Umgebung ...»

Es war lange nach Mitternacht. Die Kerzen waren heruntergebrannt, die Flaschen leer, die Aschenbecher voll. Eine schwarze Nacht mit blauen Untermietern. Anna hatte Schwierigkeiten, ihre Beine zu koordinieren.

«Wir müssen aber jetzt, Klaus. Kann ich Sie mit ins Hotel nehmen, Anna?» Biele machte eine warnende Geste, aber Anna war nicht in der Stimmung für Warnungen. «Ja, gern. Also vielen Dank, lieber Klaus, es war sehr schön. Wir haben nur zuviel gesoffen.»

Die beiden schwankten ein wenig beim Rausgehen, und Klaus Biele sah ihnen kopfschüttelnd nach. Er hatte ein komisches Gefühl, außer dem, zuviel getrunken zu haben. Ein Katastrophengefühl, wie er es nannte. Etwas Gefährliches, etwas Dummes würde passieren. Aber was, fragte er sich, konnte nach dem Mord noch Schlimmes geschehen?

X

Wer säuft, muß auch mit einem Kater leben können. Der Satz fiel Anna als erstes ein. Sie wachte auf mit diesem Gedanken und mit entsetzlichen Kopfschmerzen und einem faulen Geschmack im Mund. Sie stellte sich ihr Gesicht im Spiegel vor: verschwollene Augen, Tränensäcke ... Alter und Alkohol vertrugen einander nicht. Sie blinzelte vorsichtig: 8 Uhr 30. Sie hatte die Ankunft des Fotografen verpaßt. Na gut, der würde seinen Weg ins Hotel auch alleine finden. Anna blinzelte noch einmal: Auf dem Nachttisch stand eine Champagnerflasche, halb leer, mit zwei Gläsern. ZWEI??? Sie drehte sich voller Panik auf die andere Seite. Das durfte nicht wahr sein: In dem zweiten Bett schlief, schnarchte ein Mann, ein ganz bestimmter: Jochen Hellmann.

Das, was noch nicht vom Alkohol ertränkt war, begann fieberhaft zu arbeiten. Was, zum Teufel, war noch geschehen in dieser Nacht. Da war ein Filmriß. Sie konnte sich noch an den Abschied von Biele erinnern, aber nicht mehr an die Fahrt nach Hause und schon gar nicht, was in dem Zimmer, in diesem Bett passiert war. Was? Ihr fehlte mindestens eine Stunde. Aber etwas war passiert: Er war da, unübersehbar, unüberhörbar, und er war, wie Anna, nackt. Anna schlug sich auf den schmerzenden Kopf. Sie mußte verrückt geworden sein. Das grenzte ja an Leichenfledderei. Ein Mann im Bett, das war nicht schlimm, nicht neu. Aber gerade dieser ... Vielleicht war auch nichts passiert. Betrunken wie sie beide waren. Aber sie konnte ihn ja nicht gut fragen. «Verzeihen Sie, haben wir?»

Es klopfte. «Mach auf, Anna, du altes Murmeltier. Hättest mich ja wenigstens vom Flughafen abholen können. In diesem Kaff gibt es nicht einmal Taxis.» Peter Engelmann, nüchtern und laut wie immer. Anna bemühte sich zu denken, schnell zu denken.

«Peter, Mensch, schrei nicht so, ich bin gerade aufgewacht. Warte im Frühstücksraum auf mich, ich bin in zwanzig Minuten unten.»

«Weiber. Na wenigstens hast du daran gedacht, mir ein Zimmer zu reservieren. Du bist ja zum Arbeiten hier, nicht zum Vergnügen.»

Wie wahr. Anna stand vorsichtig auf und kramte im Koffer nach Schmerztabletten. Ihr war schwindelig. «Wie spät ist es», brummte jemand unter der Decke.

«Zu spät.» Sie konnte die verdammten Tabletten nicht finden.

«Guten Morgen, Anna.» Er schwang sich aus dem Bett und ging in Richtung Badezimmer. Eine obszöne Bemerkung, fand Anna. Er hatte einen schönen Körper, fast haarlos. Sie hörte Zähneputzen.

Sie sieht aus wie ein versoffener Buddha, dachte er. Wirklich süß. Er tätschelte ihr Hinterteil. «Ich bin wirklich ein Idiot. Unsere Orgie hat sich nur auf Alkohol beschränkt. Wollen wir den Rest jetzt nachholen?»

Nur das nicht. Anna war unsäglich erleichtert und ein bißchen enttäuscht. «Unser Fotograf ist gerade angekommen, er war nicht zu überhören. Ich muß mich beeilen. Und ich wäre dir natürlich dankbar, wenn du dich jetzt möglichst diskret davonstiehlst. Hei, schau mich nicht so an ...»

Anna fand ihre Tabletten, während er sich seufzend und unter Protest anzog. Er gab ihr einen Kuß auf den Nacken und lächelte, ja, fast liebevoll. «Ich verschwinde jetzt, möglichst diskret. Und, jetzt keine Widerrede, um drei Uhr hole ich dich vom Hotel ab, und wir fahren an den Strand. Komm, du willst doch die Fotos haben. Und im übrigen finde ich braunes Fett viel knuspriger als weißes ...»

Schwein. Bevor sie antworten konnte, war er draußen. Na, die Macho-Kröte konnte lange warten, bis sie ihn an ihr Fett, egal welcher Farbe, ranließ.

Safarianzug und Sonnenbrille. Anna sah aus wie die Parodie einer Afrika-Touristin. Der Frühstückssaal war halb leer, anständige Menschen frühstückten früher. Peter saß an einem Tisch in der Mitte, von seinem Stuhl baumelten Kameras. Er sah sie genüßlich an: «Muß ja 'ne tolle Nacht gewesen sein, so wie du aussiehst. Hier, ich habe dir Orangensaft bestellt. Schöne Grüße von den Kollegen übrigens, besonders von Grübchen. Er ist ja ganz angetan von der Story hier. Brauchst sie nur noch zu schreiben. Die Bildchen mach ich schon.»

Anna trank durstig und murmelte «Kaffee». Der Kellner stellte Speck, Eier, Bohnen, Bratwürste und Grilltomaten auf den Tisch, und ihr drehte sich fast der Magen um. Sie schob ihren Teller angewidert weg. Peter aß mit exakten, abgezirkelten Bewegungen. «Ist ja der Arsch der Welt hier, kein Wunder, daß sich hier die Leute umbringen. Sitz hier nicht so leidend rum, du verdirbst mir den Appetit. Erzähl lieber, was los ist.»

Der Kaffee schmeckte scheußlich und die Zigarette auch. «Also, zunächst müssen wir an einen dieser Medizinmänner rankommen, ich will den Polizeichef anrufen, vielleicht kann der uns weiterhelfen. Du mußt ins Gefängnis und diesen Gärtner knipsen, vielleicht ist er's ja doch. Und die kleine Margot, du weißt schon, das Kind im Krankenhaus, von der bräuchten wir auch ein Bild. Darum mußt du dich selbst kümmern, den Polizeichef bearbeite ich. Heute abend sind wir beim Botschafter eingeladen, da kannst du ja auch knipsen, vor allen Dingen den Ehemann brauchen wir. Ich zeige dir die Leute. Laß mich erst einmal meinen Kaffee trinken und telefonieren. Dann können wir uns den Tag einteilen.»

«Action, Anna. Wir haben nur noch zwei bis drei Tage, dann muß die Geschichte im Kasten sein. Aber ein paar Stunden an den Strand will ich auf jeden Fall. Das Wetter zu Hause ist so beschissen, das kann man sich in der Hitze hier gar nicht vorstellen. Also, Engel, zisch ab ...»

Ein Wunder. Mmusi war sofort zu erreichen. Er war, aber das wußte Anna nicht, von der Gattin des Präsidenten höchstpersönlich angerufen worden. Schnelle Aufklärung, Unterstützung der beiden Journalisten, Diskretion. Jawohl, hatte er ein paarmal gesagt. Natürlich, selbstverständlich, ich werde alles tun ... Lady Miriam fand die Sache «shocking». Schlechtes Image ... Jawohl, hatte er gesagt. Na gut, er fand die Rothaarige sowieso sympathisch. Schade, daß sie so weiß war. Aufnahmen im Gefängnis seien in Ausnahmefällen gestattet, sagte er zu Anna. Ja, er würde Peter Engelmann ein Papier vorbereiten. Ein Medizinmann, das sei schon viel schwieriger: «Da müßte ich die Erlaubnis von ganz oben einholen. Und die des Medizinmannes natürlich. Aber ich will es versuchen. Rufen Sie mich gegen Abend noch einmal an, so gegen sechs Uhr. Nein, in den Vernehmungen der beiden sind wir noch nicht weitergekommen. Ich halte nichts von der Geschichte. Falsche Fährte.» Anna legte auf, sie glaubte ihm nicht.

Mmusi griff zum Telefon, um den Sekretär der First Lady anzurufen. Sollten sie doch die Suppen auslöffeln und einen Medizinmann für die Rothaarige finden. Wenn sie sich schon so gut mit der Presse stellen wollten, dann mußten sie was dafür tun.

Anna schickte Peter ins Polizeipräsidium und mit besten Wünschen ins Krankenhaus. Sie war erleichtert, ihn endlich los zu sein. Sie würde ihre Notizen sortieren, die Bänder abhören und dann vielleicht noch ein bißchen schlafen ...

Sie schlief drei Stunden und wurde vom Telefon geweckt. «Ich schlafe. Wer spricht?»

«Allein, wie ich hoffe. Jochen hier.» Seine heisere Stimme erinnerte sie an eine Verabredung die sie lieber vergessen hätte. Aber nein zu sagen, fiel ihr so schwer. Anna war ein Jasager.

«Ist gut, ich bin in zehn Minuten unten. Aber um spätestens sechs müssen wir zurück sein. Ich bin beim Botschafter eingeladen.»

«Ich auch, überraschenderweise. Ich warte an der Poolbar auf dich. Und übrigens freue ich mich.»

Das Meer: Als sie in die Sandstraße einbogen, hatte Anna ihr Strandkleid schon durchgeschwitzt. Er folgte einem Schild, auf dem in goldglitzernden Buchstaben *Hotel Tropicana* stand. Er fuhr halsbrecherisch, wie immer.

«Die haben hier den schönsten Strand. Es gibt zwar ein paar wilde Strände hier, aber die sind ziemlich gefährlich. Da gibt es jede Menge Seeigel und Haie.»

«Haie?»

«Strandhaie. Kleine Jungs, die in den Palmen hocken und darauf warten, daß die Leute ins Wasser gehen. Dann angeln sie, was am Strand liegt. Es ist recht komisch, weißt du. Die, die es wissen, gehen nämlich rückwärts ins Wasser, damit sie ihr Zeug nicht aus den Augen verlieren. Meistens steigen sie dann auf einen Seeigel. Man muß eben das kleinere Übel wählen.»

«Kann denn jeder an diesen Hotelstrand?»

«Nein, man muß Gast oder Klubmitglied sein. Aber die meisten Weißen hier sind Mitglied im Yacht- oder Golfklub, die haben eigene Strände.»

Ein Uniformierter öffnete das schmiedeeiserne Tor und salutierte, wie im Gefängnis. Aber ein wunderbares. Der Garten war nach dem Vorbild ‹Paradies› angelegt worden. Zwischen üppigen Gewächsen standen kleine Rundhütten mit Strohdächern, auf denen Namen aus Muscheln geformt waren. *Basali* las Anna und fragte, was das bedeutete.

«Ewiger Frieden. Aber der ist in diesem Paradies nicht eben billig. Man zahlt so 120 Dollar pro Nacht und Hütte.»

Die Sandstraße führte zu einem strohgedeckten, ebenerdigen, halboffenen Haus, zu Bar und Restaurant. Sie lagen direkt am Strand, einem makellosen weißen Strand mit makellosen Palmen und makellosem Wasser, tiefblau. Es war unwirklich. «Kitsch», entfuhr es Anna.

Jochen parkte und öffnete ihre Tür. «Natürlich ist das Kitsch, aber mir sind diese grellen Farben immer noch lieber als das schmutzige Grau Deutschlands. Hast du dich erst einmal an die Farbenpracht gewöhnt, kannst du das Grau nicht mehr ertragen.»

«Ein paar Wochen könnte ich schon in Kitsch schwelgen.» Anna begann sich schamhaft auszuziehen. Kein Mensch war zu sehen, nur bei den Booten standen zwei Einheimische. Sie war ekelhaft weiß. Und fett.

Jochen kam mit zwei gefüllten Gläsern zurück. «Wir haben den ganzen Strand für uns, wie es scheint. Möchtest du Boot fahren, Wasserski laufen, Surfen ...»

«Sei doch nicht so eklig sportlich. Ich will nur dasitzen und die Sonne genießen. Sag mal, könnten wir die gestrige Nacht nicht vergessen?»

«Da gibt es ja leider nichts zu vergessen, das hast du vergessen. Hör mal, komm mir nicht mit Moral. Ich liebe Anna schon lange nicht mehr, und nun ist sie tot, und ich mag keine Trauer heucheln. Es zieht mich was zu dir, und ich meine, das beruht auf Gegenseitigkeit. Wehr dich doch nicht dagegen, laß den Dingen ihren Lauf. Und jetzt laß uns schwimmen, es ist verdammt heiß.»

Anna nickte, und er zog sie hoch. Sie rannten über den heißen Sand, der die Fußsohlen verbrannte. Sie rannten hinein in das Blau, weg über die kleinen weißen Wellen. «Pißwarm», schrie Anna, und er zog sie in das dunklere, kühlere Blau. Anna schwamm träge gegen die Wellen, die sie sanft an den Strand zurücktrugen. Das Leben war schön.

Sie lagen im seichten Wasser und japsten nach Luft. Anna fühlte sich merkwürdig leicht. Ich geh hier nicht mehr raus, dachte sie, nie mehr. Sie rollte auf den Rücken, der brannte, und hielt gierig das Gesicht in die Sonne, sog die Hitze in sich auf.

«Wenn die beiden Typen an den Booten nicht wären», murmelte Jochen, und sie dachte, der bringt das fertig. Er rollte sich über sie und streichelte das Fett. Sie dachte an den berühmten amerikanischen Film mit dieser Liebesszene im seichten Wasser. Er küßte sie. Er roch nach Knoblauch, Bier und Zigaretten, aber das machte gar nichts. Irgendwann, nach Sekunden oder Stunden, fing ihr Hirn wieder an zu arbeiten. Wie würde sie diese Szene beschreiben. Liebesszenen waren immer so schmatzend, in Worten.

Sein knoblauchgeschwängerter Atem streifte sie heiß, und liebestrunken hielt sie ihm ihre sinnlich geöffneten Lippen hin, die er mit seinem schiefen Mund verschloß. Keine Luft. Der Bart kratzte. Zähne knirschten aufeinander, Zungen waren sich im Weg. Seine plumpen Finger tasteten über ihre Fettpolster. Sie stöhnte und zog den Bauch ein. Es war beschwerlich, sein Gewicht zu tragen. Ihre Fingernägel krallten in seinen Rücken. Warum Weiber immer kratzen müssen, dachte er. Halten die das für einen Ausdruck der Leidenschaft? Sie fühlte seine harte Männlichkeit auf ihrer weichen Weiblichkeit und fragte sich, wie es weitergehen sollte. Das war ja schon öffentliches Ärgernis ...

Anna lief eine Welle übers Gesicht, sie hustete und lachte. Jochen rollte von ihr herunter. «Du nimmst mich nicht ernst genug, Anna.»

Die beiden Ngamis an den Booten waren enttäuscht. Touristen waren bekanntlich schamlos, wieso hatten die beiden bloß aufgehört.

«Ich gehe hier nie mehr raus.»

«Tust du doch, sonst bekommst du einen Sonnenbrand. Komm, gehen wir an die Bar, ich möchte dir meinen Freund Theophilus vorstellen. Die Leidenschaft hat mich durstig gemacht.»

Sie rappelte sich an seiner Hand hoch. Die Bar war fast leer. Sie war exotisch aufgezwiebelt, aber gemütlich. Viele Flaschen. Anna zählte 30 Whiskysorten. «Theophilus, das ist Anna. Anna, das ist Theophilus. Er mixt uns jetzt was.»

Theophilus, der Barmann, begrüßte sie mit einem Lächeln, das fast bis an die Ohren reichte. «Willkommen im *Tropicana*», sagte er in fehlerlosem Deutsch. Er sprach sechs Sprachen, Trinkersprachen. Er lebte hauptsächlich von Trinkgeldern, die Bezahlung war miserabel. Er schüttelte den Shaker mit Leidenschaft. «Die Amis, Deutschen und Skandinavier geben das meiste Trinkgeld, sie trinken auch am meisten.» Er stellte lange Gläser mit giftroter Flüssigkeit auf die Theke. Es schmeckte angenehm bitter. Jochen schob

Geld über die Theke, und Theophilus hißte die deutsche Flagge. Immer, wenn einer gutes Trinkgeld gab, hißte er die Landesflagge. Überaus wirksam, wie er versicherte. «Wenn mal eine weht, wollen die anderen nicht zurückstehen, so gehen die Fahnen hoch, und der Rubel rollt.»

Es war Liebe auf den ersten Blick. Anna liebte Theophilus und war verliebt. Der Barmann behandelte seine Flasche zärtlich, was wäre er ohne sie und die Flaschen auf der anderen Seite der Theke. Seine Familie würde hungern, und er hatte eine große, immer hungrige Familie. Seine Altersversicherung, die neun Kinder. Wenn sie größer waren und mitverdienten, würde er selbst eine Kneipe aufmachen, irgendwo am Strand. Touristen hatten immer Geld, und Touristen waren immer durstig. Theophilus, überzeugter Antialkoholiker, liebte Trinker. Wenn, was vor allem bei den Skandinaviern öfter vorkam, einer hinter der Theke wegsank, dann nahm er ihn über die Schulter und brachte ihn in die Hütte. Manchmal sprangen dabei als Trinkgeld die Schulgebühren für ein Kind raus, für ein halbes Jahr. Und Schuluniformen, was die erst kosteten. Wenn seine Frau nicht als Hausmädchen arbeiten würde, würden sie es nie schaffen, alle Kinder auf die Schule zu schicken. Und das war wichtig, die Kinder mußten was lernen. Wer nicht Englisch sprach in Samyana, der bekam nur sehr niedrige Arbeit. Er, Theophilus, war stolz auf seinen Beruf. Und die meisten Weißen waren angenehmer, wenn sie betrunken waren, fast menschlich. Ab und zu flippte mal ein Bure aus, sprach ihn mit «boy» oder «kaffir» an, aber so was konnte man überhören. Nur bei seinen Landsleuten, die sich in der Mehrzahl die *Tropicana*-Preise nicht leisten konnte, war er kritischer. Die konnten nämlich sehr hochnäsig sein, und sie gaben niemals Trinkgelder. Die Fahne von Samyana wurde sehr selten gehißt. Außerdem vertrugen sie wenig. Theophilus hatte eine Weltrangliste der besten Trinker, die er von Woche zu Woche änderte.

«Wie sieht es aus?»

Der Barmann stellte neugefüllte Gläser auf die Theke. «Ihr seid wieder an erster Stelle. Nummer zwei ist Südafrika, die dritten sind die Norweger.»

«Und an letzter Stelle?»

Theophilus verzog verächtlich die Mundwinkel: «Letzte Woche hatte einer unserer Minister – keine Namen – eine Party hier. Fünf Mann mußte ich raustragen. Unter anderem auch den Politiker, der unseren Leuten immer erzählt, sie sollen mehr arbeiten und weniger trinken. Politiker, pfui Teufel.»

Er wandte sich wieder dem Polieren der Flaschen zu. Die beiden sahen aus wie ein Liebespaar, er mußte sie mal alleine lassen. Anna suchte nach einem unverfänglichen Thema: «Kommst du oft hierher?»

«Fast täglich. Ich gehöre zu den Superstars der Weltrangliste. Nein, im Ernst, das Hotel gehört zu 51 Prozent dem Tourismus-Ministerium, der Rest gehört einem Schweizer Konzern, die auch den Manager stellen. Spiri ist ein fähiger Mann. Aber wir bauen ein neues, nicht weit von hier. Wollen so 'ne Art Modellversuch machen. Das heißt, so neu ist die Idee gar nicht: Touristen, die nach Afrika kommen, sollen Afrika nicht mehr nur hinter dem Zaun erleben. Die Idee ist, daß sie eine Weile im Hotel leben und eine Weile in einem Dorf, in einer Familie. Wenn sie genug haben, können sie wieder zurück ins Hotel. Ist ja auch nicht so einfach, Afrika hautnah zu erleben. Da kommt der Tourist in eine Hütte, kein Strom, Plumpsklo, kein kaltes Bier, Ungeziefer, ungewohntes Essen, keine heiße Dusche. Da können die Gastgeber noch so nett sein, das ist ein Kulturschock. Wir hatten ein Paar hier, zum Ausprobieren, die sind nach drei Tagen ausgeflippt. Ein linkes Ehepaar aus Frankfurt. Am dritten Tag saß sie plärrend auf dem Klo, weil sie von dem ungewohnten Essen Durchfall hatte, und die Familie war sauer, weil sie dauernd das Klo blockierte. Meine Frau hat sie dann in unserem Haus einquartiert, und da haben sie gemault, daß die Weißen hier so luxuriös leben. Aber ich bin vom Thema abgekommen: Die Idee ist, so ein Hotel quasi mitten ins Dorf zu bauen, luxuriöse Hütten. Man lebt mittendrin und doch touristisch.»

«Und die Leute im Dorf, was haben die davon.»

«Nun, wir bauen ihnen dafür einen neuen Brunnen und eine Straße. Wir leihen ihnen Geld für Boote, die sie an Touristen vermieten können. Ein anderer bekommt ein Darlehen für einen Shop, ein paar Frauen verkaufen Kunsthandwerk ... mit anderen Worten, wir beteiligen sie an der Touristen-Ausbeutung.»

«Und ihr verderbt die guten Sitten.»

«Anna, Journalistin du, es gibt tausend Argumente dagegen. Aber wir haben das lange mit den Dorfältesten diskutiert, und sie wollen es so. Objektiv wird es ihnen besser gehen, was letztlich dabei rauskommt, weiß keiner.»

Anna begann Sonne und Alkohol zu spüren. Von draußen, vom Strand, war Gelächter zu hören. Die Touristen kamen. Nichts wie weg. Jochen zahlte, hob Anna vom Barstuhl und trug sie zum Wagen. Sie protestierte, war aber schon beeindruckt von so viel Stärke. Erst im Auto, auf der Rückfahrt, kam Jochen auf das Thema, das Anna beschäftigte: Anna. «Du würdest mich gerne fragen, ob ich sie . . .?»

«Hast du?»

Jochens Lächeln war ein wenig grimmig. «Ich würde es dir kaum sagen, wenn . . . aber nein, ich habe nicht. Ich glaube übrigens auch nicht, daß es Beauty war, der hing viel zu sehr an ihr. Ich glaube auch nicht an diese haarsträubende Geschichte mit dem Ritualmord. Nach meinem Gefühl hat einer ihrer Liebhaber die Nerven verloren.»

«Haben dir Annas Männer nichts ausgemacht?»

«Eine dumme Frage ist das. Natürlich, am Anfang sehr und dann immer weniger. Warum ich sie nicht verlassen habe, weiß ich nicht. Schwäche vielleicht oder Bequemlichkeit, und da war auch noch das Kind. Irgendwie waren wir aneinandergekettet in Strindbergschem Haß.»

Jochen bog mit beängstigendem Quietschen in die Asphaltstraße ein. «Und wer waren ihre Liebhaber?»

«Das hat mich Mmusi auch gefragt. Du wirst lachen, ich weiß es nicht. Das Haus war immer voller Männer, junge Männer meistens, und laut Anna waren das alles nur platonische Geschichten. Ich habe da nicht mehr durchgeblickt. Übrigens hatte ich auch meine Affären, ich will hier nicht als Opferlamm dastehen. Aber du, Affärchen, bist seit langem das schönste. Es ist unglaublich, aber ich beginne mich zu verlieben. Mein linkes Ohr hat das schon längst erkannt.»

«Dein linkes was?»

«Ohr. So, hier wären wir. Pflege deinen Sonnenbrand, Geliebte. Wir sehen uns dann beim Botschafter.» Ein Kuß auf die brennende Wange. Das Mädchen an der Rezeption gab ihr den Schlüssel und einen Umschlag, auf dem Annas Name stand. Wahrscheinlich Peter, dachte sie und riß ihn auf, nachdem sie die Zimmertür mit einem Fußtritt zugeschlagen hatte.

Nicht von Peter. Auf dem zerrissenen Papier stand in Englisch und ungelenker Handschrift: *Warum fragst du nicht Rainer Schöne!!*

«Mörder ist einer …

... der das Leben zu leicht nimmt», hat mal jemand gesagt. Eine ebenso treffende wie zynische Definition. Zum Glück gibt es andere Mittel und Wege, um sich das Leben etwas leichter zu machen: Man muß niemanden beseitigen, nur etwas beiseite legen.

XI

Keine Unterschrift, nur dieser Satz. Ein anonymer Brief hat mir gerade noch gefehlt, dachte Anna wütend. Ich bin doch nicht Miss Marple. Warum sie sofort an eine Frau dachte, war ihr nicht klar. Sie rauchte das Unbehagen weg und ging dann ins Badezimmer, um den Sand wegzuduschen. Er war an den unmöglichsten Stellen. Sie war beim Make-Up, als Peter an die Tür klopfte.

«Ich bin noch nicht fertig, hier hast du was zu lesen.» Sie warf ihm den Brief hin. Peter, im beigefarbenen Leinenanzug, geschmückt mit zwei Kameras, setzte sich auf den einzigen Stuhl, der nicht mit Notizen oder Kleidern übersät war. «Warum fragst du Rainer Schöne nicht», rief er ins Badezimmer.

«Was soll ich ihn denn fragen?» Anna zwängte sich in ein weißes Seidenkostüm, ein hervorragender Kontrast zu den roten Haaren und dem rotverbrannten Gesicht. Die Sonne hatte Sommersprossen sprießen lassen, die über die Nase zu den Wangen vorstießen. Wenn die zusammenwachsen, dachte sie, bin ich braun. Anna grinste sich im Spiegel an.

«Hört sich an wie ein eifersüchtiges Weib; nach der ungelenken Schrift zu urteilen, ein schwarzes Weib. Darf ich dich daran erinnern, daß es kurz vor sieben Uhr ist. Ich hasse Unpünktlichkeit.»

Ein überdimensionales Glühwürmchen kam aus dem Badezimmer. «Die brauchen keine Beleuchtung heute abend, was, Anna?»

Auf der Fahrt zur Botschafter-Residenz erging er sich in Eigenlob. «Ich habe nicht nur Beauty, sondern auch die beiden anderen Figuren, du weißt schon, die mit dem Ritualmord, auf der Platte. Richtige Verbrechervisagen. War überhaupt kein Problem. Schwarze lassen sich ja leicht austricksen. Aber das Beste ist, daß ich Fotos von der Kleinen habe. Kommst nie drauf, wie ich das gemacht habe. Einen weißen Kittel habe ich mir gekauft, geht auf Spesen, und dann bin ich als Arzt reinspaziert. Sie lag allein im Zimmer und schlief, knipsknaps, und dann war ich wieder draußen. Sieht ein bißchen blaß aus, das Gör. Toll habe ich das gemacht, was?»

Anna versagte sich Lob. Peter litt an solchen Blähungen des Egos, daß sie ihm manchmal einen heftigen Durchfall wünschte. «Peter, weißt du, manchmal habe ich das Gefühl, daß du mit deiner Kamera ins Bett gehst, den Schwanz in die Linse steckst und masturbierst. Wenn man dir das Ding wegnimmt, bist du impotent.»

«Die Linse, Schätzchen, ist zu klein. Du kannst dich gerne persönlich überzeugen, obwohl ich mehr für schlanke Frauen bin.»

Oh, wie sie ihn haßte. Und natürlich hatte er den Weg sofort gefunden. Sie hielten vor einem weitläufigen Bungalow, dessen Auffahrt hell erleuchtet war. Vor dem Tor standen Autoschlangen. Ein Wachmann in Phantasieuniform verlangte gebieterisch die Einladungen. Während Peter parkte, stakste Anna in zu hohen Schuhen auf dem weißen Kiesweg, der zu einem Rasen führte, auf dem Leute standen, die zu einer Party gekommen waren. Dr. Klaus Halfft, mit zwei f, stand am Ende des Kiesweges, flankiert von einer gewaltigen Frau im Dirndlkleid, Frau Dr. Halfft. Max Gebbels und seine mausgraue Frau standen daneben. An dem Empfangskomitee war nicht vorbeizukommen.

Der Botschafter war ein kleiner, schmächtiger Mann, der sich sehr gerade hielt. Er hatte einen kleinen Oberlippenbart, Knopfaugen und lächerlich kleine Ohren. Er fühlte sich müde. Er haßte Afrika, die Hitze, die Unordnung in allen Dingen des Lebens, und vor allem haßte er seine ewig nörgelnde Frau, deren Busen immer wogte, wenn sie eine ihrer vielen Auseinandersetzungen hatten. Er haßte Expertenfrauen, die sich umbringen ließen, und Journalistinnen, die diese Affäre auskadaverten. Er sah eine rote Frau mit großen Brüsten auf sich zukommen.

Man lächelte und schüttelte Hände. Die Floskeln unterschieden sich in nichts von denen auf Bonner Parties, nur über das Wetter wurde anders geredet. Sehr heiß heute wieder ... Anna floskelte und überflog mit geübtem Geierblick die Anwesenden. Rund fünfzig weiße Leute standen in Gruppen und Grüppchen auf dem Rasen, ein bißchen Schwarz hier und da. Auf den ersten Blick erkannte sie Mmusi, im Nadelstreifen, der sie breit anlächelte. Klaus Biele war da, der dicke Streusemann mit Frau, die Brauns, Rainer Schöne und Jochen. Jochen: Sie spürte ein komisches Gefühl in der Magengegend und entschied, daß es Hunger sein mußte.

«Haben Sie etwas dagegen, Exzellenz, wenn ich fotografiere?» Der Botschafter fand die Form der Anrede angemessen und hatte nichts dagegen. Frau Botschafter lächelte huldvoll. «Wenn du dich danebenstellst, brauche ich kein Blitzlicht», zischte Peter Anna zu, die zurückflüsterte: «Und er paßt doch in die Linse.»

«Wer paßt», fragte die Frau des Botschafters. Sie hatte ein gutes Gehör und nach dreißig Jahren im diplomatischen Frauendienst jedes Unterscheidungsvermögen zwischen Wichtigem und Unwichtigem verloren. Frau Dr. Halfft hatte den Small talk so perfektioniert, daß sie alles darauf reduzierte. Sogar die bestialischen Auseinandersetzungen mit ihrem Wicht von Ehemann. Denn sie war sich nur in einem Punkt mit ihm einig: dem Haß auf Afrika. Seit zehn Jahren zwängte sie ihren Leib in Korsetts, die in der Hitze am Körper prickelten und Juckreiz hervorriefen. Seit zehn Jahren ärgerte sie sich über faule Dienstboten, arrogante, schweißriechende Politiker, die man auch noch hofieren mußte, und deren dumme Ehefrauen, die manchmal nicht einmal Englisch konnten. Sie ärgerte sich über schnöselige Experten, über den Dreck, die Moskitos, die Spinnen ... und nicht zuletzt über die *Frankfurter Allgemeine Zeitung,* die ihr Mann abonniert hatte. *Bildzeitung* sei nicht standesgemäß, hatte er gesagt, und sie hatte ihm diesmal nicht widersprochen. Nicht einmal Fernsehen gab es in diesem zurückgebliebenen Land, keine Kultur. Nicht daß sie in München ins Theater gegangen war, aber darum ging es ja nicht. Ihre einzige Vertraute hier war Maria Gebbels. Gott, wie hatten sie den Mord genossen, endlich einThema, das über Dienstboten und Affären hinausging. Sie hatten beide ja nichts für das Flittchen übrig gehabt, aber Ehre, wem Ehre gebührt, Anna Hellmann hatte immer Gesprächsstoff geliefert. Jetzt erst recht. Und nun hatte Maria gemunkelt, daß diese Rothaarige und der Hellmann ein Verhältnis ... Das war ja shokking. Aber dem Hellmann hatte sie schon immer Geschmacklosigkeiten zugetraut. Interessant, man mußte das unter Beobachtung halten.

Der Botschafter brachte Anna ein Glas Bier und starrte auf ihre Brüste, die etwa in Augenhöhe waren. «Ich nehme an, daß der Mord Ihnen viel Arbeit verursacht hat, Herr Botschafter?»

Halfft nippte an seinem Bier, den Blick seiner Frau ignorierend: «Nun, Sie können sich vorstellen, Frau Marx, wieviel Bürokratie mit so einer Geschichte anfällt. Seit ein paar Tagen sind wir mit praktisch nichts anderem beschäftigt. Stellen Sie sich vor, jetzt paßt der Sarg nicht in das Flugzeug nach Johannesburg. Wir müssen eine Maschine chartern, wer die Kosten übernehmen soll, ist auch nicht klar. Sehen Sie, mit so etwas muß sich ein Botschafter in einem kleinen Land herumschlagen.»

Ich wette, daß Gebbels die Schmutzarbeit macht, dachte Anna. «Meinen Sie denn, daß dieser Mord Auswirkungen auf unsere Beziehungen hat?»

Glatteis. Halfft suchte nach einer positiven Phrase. «Ach, wissen Sie, so tragisch die Geschichte ist, unsere Beziehungen sind bestens. Samyana ist ein Land von bemerkenswerten demokratischen Strukturen mit einer bereits beachtlichen Entwicklungsstufe. Sehr fähige, sehr vernünftige Politiker. Sie wissen sicherlich, daß die Frau des Präsidenten eine Weiße ist. Das wirkt sich unter anderem gut auf die ethnischen Beziehungen aus. Nein, ich habe keine Sorgen um Samyana.» Falls es keinen Coup d'Etat gibt, dachte er. War zwar unwahrscheinlich, aber ein paar Hitzköpfe gab es schon. Und nach zehn Jahren afrikanischer Politik würde ihn nichts mehr wundern. «Sie entschuldigen mich, ich muß mal eben den Informationsminister begrüßen ...»

Anna schlug sich zur Bar durch und spähte vergeblich nach Eßbarem.

Die Sache läuft so weit, so gut, dachte Frau Dr. Halfft. Sie stand neben Biele, dessen boshaftem Klatsch sie normalerweise begierig lauschte. Der erste Empfang nach dem Mord, aber alles lief wie immer. Der Fotograf machte sich gut, er gab der Versammlung den Anstrich von Wichtigkeit. Natürlich fiel der Hellmann wieder aus dem Rahmen mit seinem afrikanischen Hemd und die beiden Entwicklungshelfer, die sich nicht entblödet hatten, in Jeans aufzukreuzen. Sie nahm sich vor, die beiden von der Einladungsliste zu streichen. Sie scheuchte einen Kellner in Richtung Informationsminister. Der plauderte mit ihrem Mann, der sich für ihren Geschmack zu lange mit der Rothaarigen unterhalten hatte. Klaus war keine Leuchte, wer wüßte das besser als sie. Nicht umsonst war seine Karriere im Busch versandet. Der vielversprechende junge Diplomat, ha ...

Die Gartenbeleuchtung kostete ein Vermögen an Strom, sagte Klaus immer. Er verstand nicht, wie wichtig es war, alles unter Beobachtung zu haben. Die Schwarzen waren ja so empfindlich, wenn mal ein Kellner nicht gleich da war oder sich keiner um sie kümmerte. Man mußte alles unter Kontrolle haben, und dafür brauchte man gute Sicht. Was Eleonore Halfft besonders unter Kontrolle hielt, war der Barbetrieb. Es galt, stadtbekannte Säufer zum gegebenen Zeitpunkt möglichst diskret hinauszubugsieren.

Apropos ... sie erspähte Rainer Schöne, an der Bar natürlich. Er sprach mit einer Schwarzen, von UNICEF, wenn sie sich recht erinnerte. Namen konnte sie sich nie merken. Er trinkt zuviel, seit dem Mord noch mehr, dachte sie. Sie stöckelte an den Entwicklungshelfern vorbei und hörte einen sagen «Scheißparty». Warum kamen sie dann? Vor ein paar Minuten hatte sie noch beobachtet, wie sich die beiden ein ganzes Tablett mit Hühnerbeinchen unter den Nagel gerissen hatten.

«Frau Botschafter im Dirndllook.» Rainer Schönes Stimme schlurrte, und seine Krawatte hing schief, aber Eleonore war wie immer hingerissen. Er erweckte in ihr Gefühle, die zwischen Frau und Mutter lagen. Sie konnte ihm nicht böse sein. Die Schwarze zog sich erleichtert zurück. Sie waren allein. So allein, wie zwei auf einer Party sein könnnen. «Nicht genügend Neger da heute abend», flüsterte er ihr ins Ohr, und Eleonore, ganz Frau, spürte ein wohliges Rieseln unterm Korsett. «Ich habe an die dreißig eingeladen, fast ein Drittel», flüsterte sie zurück, «aber Sie wissen ja, lieber Rainer, wie unzuverlässig die sind.»

Klick, machte der Fotograf, von jedem ein Foto. Noch konnte jeder der Mörder sein, und Film war billig. Wie geschmeichelt sie alle waren, wie sie ihr Zahnfleischlächeln aufsetzten.

Anna hatte sich zu Mmusi vorgearbeitet, der mißmutig an einem Huhn knabberte. «Bei den Russen gibt's wenigstens Kaviar.»

«Haben Sie schon etwas erreicht in Sachen Medizinmann?»

«Das haben Sie sich in den Kopf gesetzt, davon kann ich Sie wohl nicht abbringen?»

«Nein, Chief, können Sie nicht. Selbst wenn es die falsche Spur ist, kann ich den in die Geschichte einbauen. So ein Erlebnis kann ich mir doch nicht entgehen lassen, wenn ich schon mal hier bin.»

«Na gut, Frau Marx, ich habe mit dem Sekretär der First Lady gesprochen. Percy Molefe, ein sehr fähiger Mann. Er wird morgen früh mit Ihnen nach Tulume fahren. Dort finden Sie Ihren geliebten Medizinmann. Sie bekommen eine Audienz von einer Stunde. Aber ich warne Sie, seien Sie vorsichtig, beleidigen Sie ihn nicht, und vor allem, halten Sie den Fotografen im Zaum. Befolgen Sie, was Molefe Ihnen sagt. Bedenken Sie, daß Sie in einem fremden Land sind, das Sie nicht verstehen.» Was Mmusi ihr nicht sagte, war, daß Lady Miriam getobt hatte. Das hatte Molefe ihm brühwarm erzählt. Daß Journalisten das Alte, das Rückständige auch noch publizieren wollten, paßte überhaupt nicht in ihr Samyana-Bild. Molefe hatte den Druck an ihn weitergegeben: Ein Mörder mußte her. Samyanas Image, so die First Lady, stehe auf dem Spiel. Unausgesprochen stand auch seine, Mmusis, Karriere auf dem Spiel. Vielleicht sollte er selbst zu einem Medizinmann gehen ...

Der Empfang neigte sich dem Ende zu. Zigarettenkippen und Hühnerknochen säumten den Rasen, leere Gläser standen herum. Die ersten verabschiedeten sich. David, der Barmann, spürte seine brennenden Füße. Der zweite Empfang heute, dachte er, und wir müssen noch alles abbauen, die Flaschen und Gläser zählen. Dann mußte er noch zwei Kilometer nach Hause laufen, nach White City, wie das Viertel der Schwarzen genannt wurde. Er massierte seinen schmerzenden Knöchel und handelte sich einen scharfen Blick von der Frau mit dem wogenden Busen ein. Eine schöne Frau, dachte er, mit den Augen einer Hyäne und dem Körper einer gemästeten Kuh. Eine Frau, die Respekt einflößte, eine Zierde für jeden Mann. Während er mit automatischem Grinsen Gläser nachfüllte, betete er um Trinkgeld. Hoffentlich vergaß die Hyänenkuh das nicht. Er brauchte dringend Geld, um die Schuluniform für seine älteste Tochter zu bezahlen. Einmal, da war er zu einer Versammlung gegangen, da hatte ihm einer vorgerechnet, daß er mit dem, was so ein Empfang kostete, seine Familie ein halbes Jahr lang ernähren könne. Aber er, David, hatte dem Mann erwidert, daß er ohne diese Empfänge auch keine Arbeit hätte. Aber sie hatten ihn niedergeredet, ihn einen Feigling genannt. Da war er nicht mehr hingegangen zu den Versammlungen.

«Ich gebe den Bettlern hier niemals Trinkgeld», sagte Hans Braun zu Anna, die vergeblich nach Jochen Ausschau hielt. «Ich lehne es ab, an dieser Form des weißen schlechten Gewissens teilzuhaben. Das System verändern, den Reichtum gerecht verteilen, jawohl, aber keine Almosen, die den Status quo manifestieren.»

Afrika ist ein Land der großen Worte, dachte Anna und grabschte nach einem Glas mit Whisky. «Von deinen großen Reden wird aber auch keiner satt.» Klaus Biele war in giftiger Stimmung. Anna litt an ihrem Sonnenbrand und sehnte sich nach Hause, nach Bonn, in ihre kleine, geordnete Welt, in der Bäuche von gutem Leben zeugten und nicht von Hunger. Das Gerede um dieses kleine, lächerliche Samyana verwirrte sie. Jeder schien ein Rezept zu haben, aber die Köche konnten sich nicht einigen.

Botschafter Halfft, der mit dem nigerianischen Botschafter über Ölpreise diskutierte – er verstand nichts davon, aber zustimmendes Nicken genügte –, unterdrückte ein Gähnen. Er sehnte sich nach dem Ruhestand, dem Titel Botschafter a. D. und einem Haus in der Eifel, weit weg von Afrika. Für die sind wir Kühe, die sie melken oder schlachten, dachte er: Was haben wir hier, was habe ich hier verloren? Entwicklung, bah, die würden sich in hundert Jahren nicht entwickeln, da konnte man noch so viel Geld reinstopfen. Obwohl, die deutsche Industrie machte ein hervorragendes Geschäft dabei. Alle machten ein gutes Geschäft. Bloß die Heuchelei, das hohle Gerede, das nervte ihn. Seine Frau nervte ihn über alle Maßen. Wenn er nicht so ein Feigling wäre, würde er sie verlassen, oder besser noch umbringen. Wäre ja leicht, in so einem Land. Eine Schlange, Buschmanngift ... Ach, die Träume von Freiheit, er träumte sie nur. Er hatte Angst.

Frau Gebbels unterdrückte den Drang, einen Kellner anzuschnauzen, der sich samt Tablett hinter einem Oleanderstrauch versteckt hatte. Sie warf ihm einen drohenden Blick zu. Er grinste entschuldigend und schlurfte zurück zu den letzten Gästen.

Jochen unterdrückte den Wunsch, Anna vor allen Leuten in den Arm zu nehmen. Er war angenehm betrunken, angenehm glücklich.

Und Anna? Die lehnte sich an Jochen und wollte sich in ihn verkriechen und nicht mehr aufzufinden sein. Ein einheimischer Journalist belaberte sie, und sie langweilte sich.

Wir sind Unterdrückte im eigenen Land, dachte Modishe Mogwadi. Der Reporter des *Morning Star* spürte die Gleichgültigkeit seiner Gesprächspartnerin. Sie nehmen uns nicht für voll, dachte er bitter. Sie laden uns ein, sie arbeiten mit uns, sie reden mit uns, sie tun so, als ob wir gleichberechtigt wären. Aber der letzte weiße Pöbel, der sich in der Stadt herumtreibt, schaut noch auf die schwarze Oberschicht herab. Biste weiß, biste was in Afrika. Er war kein Radikaler, aber ihm wollte nicht in den Kopf, daß zum Beispiel ein weißer Mechaniker sich ihm, einem Akademiker, überlegen fühlte. Und er, Modishe, sich dem anderen unterlegen fühlte. Ein ungeschriebenes Gesetz. Modishe beobachtete den Barmann, der die Weißen zuerst bediente. Er hätte gern mit der weißen Journalistin geflirtet, aber er hatte Angst. Ein erstaunter Blick aus ihren grünen Augen würde genügen, ihn unendlich zu demütigen.

Der Empfang ging zäh zu Ende. Frau Botschafter pfiff die Kellner zurück. Der Fotograf machte sich spät, aber nicht zu spät, an die Schwarze von UNICEF ran. Sie hatte schöne, kaffeebraune Haut und sprach seinen Farbensinn an.

«Wollen wir noch einen Nachttrunk bei mir nehmen?» Rainer Schöne schloß mit großer Gebärde alle Anwesenden ein. Anna erinnerte sich an den anonymen Brief und nickte. Jochen nickte auch. Die Gastgeber waren erleichtert, als die Gruppe endlich ging.

Noch ein Haus am Strand. Anna hockte neben Jochen auf den Stufen und buddelte mit den Zehen im Sand. Die Nacht war heiß, aber der Wind vom Meer kühlte dadurch ein wenig. Schöne, eine Whiskyflasche in der Hand, schaltete ein Gerät ein, das wie ein Heizkörper aussah und ein unangenehmes, flirrendes Licht verstrahlte. Es begann, nach verbranntem Fleisch zu riechen. Anna rümpfte die Nase. «Sehr praktisch, diese Moskito-Öfen», kommentierte er: «Das Licht zieht alles Ungeziefer an, und zisch, verbrennen sie.»

«Man riecht es.»

«Tierquälerei.» Ina Braun hing betrunken an Schönes Arm.

«Ich hasse Ungeziefer.» Rainer Schöne zerdrückte einen Moskito, den Individualisten, der sich von dem blauen Licht nicht hatte bezirzen lassen. Der Blutsauger starb einen individuellen Tod auf Schönes Arm, schmerz- und geruchsfrei.

XII

In einem kleinen, trostlosen Zimmer in der Innenstadt starb Biggie Tibele einen ebenso schnellen, fast schmerzfreien Tod. Sie starb in einem Appartement im indischen Viertel, da, wo keine Brise vom Meer kam und die feuchte Hitze zum Leben gehörte wie die Fliegengitter und der Schweiß.

Biggie hatte Unmengen süßlichen Deodorants benützt. Das ist der erste Schritt aus den Slums, hatte sie zu ihren Freunden gesagt: Die Weißen mögen unseren Geruch nicht. Der nächste Schritt war das Zimmer in der Stadt, mit Ventilator an der Decke. Es wäre ihr nie in den Sinn gekommen, daß sie mit achtzehn Jahren im klimatisierten Leichenhaus enden würde. An so etwas denkt man nicht, wenn man jung ist, hübsch und ehrgeizig.

Biggies Vater war Kellner in einem der Touristenhotels am Strand gewesen, und mit zwölf Jahren war sie zum erstenmal aus der Lehmhütte raus in diese andere Welt gekommen, in der es kein Ungeziefer gab – jedenfalls kam es ihr damals so vor –, keinen Gestank, Wasser, das aus Hähnen floß, und Licht, das ein Schalter hervorzauberte. Eine Welt, in der Leute tatsächlich Essen auf dem Teller zurückließen. Der Vater war dann beim Stehlen erwischt worden, die guten Zeiten der Reste waren vorbei. Aber dieses eine Mal hatte gereicht: Sie würde dazugehören, sie würde ihren Körper nutzen und nicht an einen Hungerleider verschwenden, ein Dutzend Kinder kriegen und mit fünfundzwanzig ein abgearbeitetes Wrack sein wie ihre Mutter. Sie schwänzte die Schule und trieb sich bei den Marktfrauen rum, um Englisch zu lernen, die Weißen zu beobachten. Mit fünfzehn Jahren verkaufte sie sich zum erstenmal, an einen Weißen natürlich. Er war alt gewesen, häßlich und ziemlich brutal. Aber sie hatte die Aufnahmeprüfung bestanden, und an jedem neuen Mann lernte sie: was ihnen gefiel, an welchen Stellen sie stöhnen oder schreien mußte. Sie lernte, sich sexy anzuziehen, sich zu schminken, Perücken zu tragen. Liebe? Das Wort hatte einen fremden Klang in ihrer Sprache. Ein Mann war doch Versorgung, Sicherheit, Geld. Einen weißen Mann zu heiraten, war das Klassenziel. Aber zunächst fand sie nur einen, der sie von der Straße holte, ihr das Zimmer bezahlte. Als er sie nach einem Jahr verließ, kam einer, der sich Harry nannte. Er war weiß, noch nicht sehr alt, und er hatte viel, viel Geld. Aber Harry war anstrengend. Er war eifersüchtig. Er schlug sie. Er ging nicht mit ihr aus. Aber Biggie hoffte, klammerte sich an eine Heirat und handelte nach einem uralten Trick: Sie warf die Pille weg, die er ihr gegeben hatte. Sie wurde schwanger.

Harry reagierte anders als erwartet. Er verdrosch sie, und Biggie plärrte so laut, daß die Nachbarn gegen die Wände klopften. Am Ende versöhnten sie sich im Bett. Sie begann, die indischen Läden nach Schwangerschaftskleidern zu durchstreifen. Sie hoffte ...

Sie starb relativ schnell, in barmherziger Unkenntnis ihres Todes, vielleicht ihres Lebens. Ein wenig Schmerz, dann war es vorbei, das bißchen Leben.

In ihren letzten klaren Sekunden dachte sie an Anna Hellmann.

XIII

Anna Hellmann geisterte durch Annas Träume. Sie stand blutüberströmt am Strand und wollte auf Anna zugehen. Anna wollte weglaufen, aber sie konnte nicht. Irgendwo stand Jochen und streckte die Arme nach ihr aus. Sie konnte nicht zu ihm gehen, nicht weglaufen, ihre Füße waren aus Blei. Die blutüberströmte Gestalt kam immer näher, immer näher.

Sie wachte schweißüberströmt auf. Es war kurz nach sechs Uhr. Neben ihr schnarchte jemand. Sie war hellwach, obwohl sie kaum vier Stunden geschlafen hatte. Liebe ... Wenigstens kann ich mich an alles erinnern, dachte sie und: Liebhaber sollten erst als Ehemänner schnarchen.

Er lag auf dem Rücken, völlig entspannt und sah, wie alle Schlafenden, unglaublich dämlich aus. Der Mund war offen, und Anna entdeckte einen Goldzahn. Der Farbe nach waren alle Zähne falsch. Der Bart verdeckte sein Doppelkinn, und aus den Nasenlöchern wuchsen ein paar rote Haare. Anna wünschte sich, er würde aufwachen und ihren ketzerischen Betrachtungen ein Ende machen. Sie paßten nicht zu dieser Nacht, die so perfekt gewesen war, wie nur eine erste Nacht sein kann.

Jochen war wach, wollte aber noch nicht aufwachen. Er hörte Anna unter der Dusche und wünschte, sie wäre nicht so hastig aufgestanden. So blieb nur der Nachgeschmack von herrlichen Rundungen, weichen, warmen Schenkeln. Sie hatten kaum geredet und nur jene Seufzer und Urlaute ausgetauscht, die nur im Bett zulässig sind. Sie hatte sich zurückgehalten, das hatte er wohl bemerkt. Sogar ihren Bauch hatte sie eingezogen, das dumme Weib, statt stolz zu sein auf ihre Kurven.

Frauen, er würde sie nie verstehen. Wie die tote Anna, die auf ihrer Sinnlichkeit gespielt hatte wie auf einem Klavier, dessen Dissonanzen ihr so gut gefielen. Das Bett war eine Fortführung des Ehekriegs gewesen. Sex war das Schlachtfeld, sie hatte ihn eingesetzt, um damit zu belohnen oder zu bestrafen. Immer mußte sie überlegen sein, gewinnen. Nie hatte sie eine Schwäche zugegeben. Diese Anna war weicher, verletzlicher, ehrlicher ...

Das Telefon klingelte, und er unterdrückte in letzter Sekunde den Impuls, abzuheben. Anna stürmte aus dem Badezimmer. Während sie sprach, streichelte er ihren nassen Rücken, über den Gänsehäute liefen. Sie legte auf und hielt seine Hand fest. «Keine Zeit für die Liebe. Der Sekretär von Lady Miriam holt uns in einer Stunde ab. Wir fahren zu einem Medizinmann, du weißt schon. Und außerdem macht Liebe mich immer hungrig.»

«Na, dann laß uns frühstücken.»

«Du spinnst wohl, meinst du, ich setze mich mit dir in den Frühstückssaal. Komm, Jochen, sei vernünftig und entferne dich diskret. Ich rufe dich an, sobald wir zurück sind, am späten Nachmittag, nehme ich an.»

«Na gut, aber noch ein Kuß ...»

Mmmh. Anna, der Morgenmuffel, war trotzdem froh, als er weg war. Es war schwer, den Morgen mit jemandem zu teilen. Man mußte den Anfängen wehren. Oder? Während sie sich anzog, hörte sie Nachrichten. Der Sprecher von Radio Basuto las schnell, monoton und mit einem furchtbar aufgesetzten amerikanischen Akzent. Unter den Lokalnachrichten kam eine Meldung über einen «mysteriösen Todesfall» in der Hauptstadt. Vielleicht Selbstmord. Den Namen verstand Anna nicht. Sie hörte auch nicht richtig zu.

Peter saß schon im Frühstücksraum und brummte: «Guten Morgen. Na, wie war die Liebesnacht mit dem Witwer?»

«Wer im Glashaus sitzt, sollte nicht mit Kondomen werfen. Und wenn wir schon dabei sind, hoffentlich hast du welche benützt. Die Damen hier sind sehr ansteckend.»

«Auch die von der UN?»

«Woher soll ich das wissen?» Anna aß mit Genuß und einmal ohne schlechtes Gewissen Unmengen von Speck und Eiern und Brötchen.

Der Sekretär der First Lady kam nur eine halbe Stunde zu spät. Er trug einen teuren Nadelstreifen-Anzug und eine goldene Brille, goldene Uhr. Er sah teuer aus und ein bißchen arrogant. Percy Molefe, 35 Jahre alt, Oxford-Absolvent, ehrgeizig, unverheiratet, verehrte seine Chefin und sah sich nach einer englischen Frau um. Zumindest weiß sollte sie sein, aber das behielt er für sich. Er taxierte die Journalistin während der Begrüßung. Sie war hübsch, aber auf eine auffällige Art. Ihr fehlte die blasse Vornehmheit seiner Chefin. Man leierte die üblichen Begrüßungsfloskeln. Er setzte sich und wartete höflich, bis die Journalistin ihre Frühstückszigarette zu Ende geraucht hatte.

Percy graute vor dem Trip ins Landesinnere. Zunächst hatte er seinen Dienstmercedes gegen einen Vierradantrieb aus dem Fahrzeugpool vertauschen müssen: ein Gefährt ohne Komfort oder Klimaanlage. Damit vier Stunden fahren zu müssen, war schon Strafe genug, auf diesen miesen Straßen. Zum anderen verspürte er wenig Lust, an die, wie er es nannte, Wurzeln zu gehen – durch die armseligen Dörfer zu fahren, das alte Samyana zu sehen. Fünf Jahre England hatten ihn so weit von seinen Wurzeln entfernt, daß er die Leute im Dorf mit den Augen der Weißen zu sehen begann: Sie waren primitiv und unwissend und grausam. Er verachtete sie ebenso wie die weißen Gauner, die scharenweise in die Stadt kamen und das schnelle Geld auf Kosten vermeintlicher schwarzer Dummheit machen wollten. Die Stadt war voll von diesen Hyänen. Zu Hause fühlte er sich eigentlich nur in dieser kleinen schwarzen Elite in der Hauptstadt. Weiße, sofern höflich, waren ab und zu willkommen.

Es gab noch einen dritten Grund, warum Percy sich unbehaglich fühlte. Er hatte Angst vor dem Medizinmann. Er nannte diese Angst seine ‹traditionelle Ecke›, aber er wußte, daß mehr dahintersteckte: Erinnerungen an seine Kindheit im Dorf; an den furchterregenden alten Mann mit den Fetischen; an die schmerzhafte Beschneidung. Oh, wie genau er sich an die Angst erinnerte, als er zwei Tage und zwei Nächte außerhalb des Dorfs verbringen mußte, um seine Mannbarkeit zu beweisen. Die Furcht vor den Geistern war noch größer gewesen als die Angst vor Löwen und Schlangen. Diese Erinnerungen hatten sich durch die Jahre in Europa nicht zuschütten lassen. Keine Logik, mit der ihn die Zivilisation gefüttert hatte, half gegen diese Angst.

Lady Miriam war sehr energisch gewesen. Es war ihm ohnehin unbegreiflich, daß der alte Mann in Tulume, dem Dorf, aus dem der Präsident stammte, zugestimmt hatte, die beiden Weißen zu empfangen. Und noch unbegreiflicher war ihm, was die zwei da wollten. An das Märchen vom Ritualmord glaubte im Ernst keiner. Weiße hatten keine Geisterwelt, sie waren unbrauchbar für jede Art von *juju*. Weiße, dachte er in einem Anflug von Rassismus, waren in vieler Hinsicht unbrauchbar. Sie verstanden Afrika nicht, würden es nie verstehen. Nur die Buren ... aber die verstanden es auf die falsche Weise.

Wie kann man sich für eine Buschtour nur so in Schale werfen, fragte Anna sich. Warum nur, dachte Percy, kleideten sich Weiße in künstlich zerknitterte, sogenannte Safarikleidung in Tarnfarben, regelrechte Nahkampfanzüge? Er drängte zum Aufbruch.

Anna und Peter kletterten auf den Vordersitz. Percy deutete auf eine Kühlbox. «Ich habe ein paar kalte Getränke mitgenommen, falls wir unterwegs durstig werden.»

Sie fuhren eine Weile schweigend. Anna ließ die Nacht noch einmal passieren und lächelte das dümmliche Lächeln der Verliebten. Peter pflegte seine Vorurteile gegenüber den «arroganten Affen». Schwarze, die auch noch frech waren, konnte er partout nicht ausstehen. «Gibt es in Samyana keine Geschwindigkeitsbeschränkung?»

Percy war eben mit 120 Stundenkilometern über die Stadtgrenze gefahren. «Doch, 100 auf Landstraßen, aber die Leute hier rasen wie die Verrückten.»

Eben, dachte Anna. Sie erwachte aus ihren Tagträumen, zündete sich eine Zigarette an und fragte Percy nach dem Dorf Tulume.

Percy paffte an einem Zigarillo. «Tulume ist das Dorf, aus dem der Präsident stammt. Ich bin übrigens entfernt mit ihm verwandt.»

Vetternwirtschaft, dachte Anna.

«Es ist ein relativ großes Dorf, rund 800 Einwohner, aber sehr weit auseinandergezogen. Sehr malerisch, sie können gute Fotos machen. Die Leute sind überwiegend Kleinbauern, ein kleines Feld, ein bißchen Vieh. Die Frauen flechten Körbe und Fischernetze, und sie brauen Schnaps aus Bananen. Es gibt eine Schule in Tulume, eine Krankenstation und zwei Geschäfte, die Indern gehören. Eine Bar gibt es dort, in der man kaltes Bier und Eis bekommt, sofern der Generator funktioniert. Zwei große Farmer gibt es in Tulume, die Tabak anpflanzen. Buren. Die einzigen großen Arbeitgeber. Tulume ist ein malerisches, ein schläfriges Dorf. Die Menschen sind arm, aber zufrieden.» Und doch, dachte er, ziehen die Jungen in die Stadt, oder sie gehen in die südafrikanischen Minen. Sie sind nicht mehr damit zufrieden, ein Feld zu beackern oder Rinder zu hüten.

«Leben auch Weiße in Tulume?» Die Frage kam von Peter.

«Soviel ich weiß, leben hier ein katholischer Priester und zwei junge Frauen vom Peace Corps, der amerikanischen Entwicklungshilfeorganisation. Die eine ist Lehrerin, die andere arbeitet als Krankenschwester.» Percy bremste abrupt ab und bog nach rechts ab, einem verwitterten Schild folgend. Sie fuhren auf einer holprigen Sandstraße, und nach fünf Kilometern hatte Anna das Gefühl, kein Kreuz mehr zu haben, aber dafür ein Kilo Sand im Magen. Der Landcruiser schaukelte wie ein Schiff bei hohem Seegang. Peter stieß mit dem Kopf gegen die Decke und fluchte. «Wie lange geht das noch so weiter?»

«Zwei Stunden, schätze ich.» Percy unterdrückte ein boshaftes Grinsen. Er war sie auch nicht mehr gewohnt, diese Straßen. So lange wir keine anständigen Straßen haben, dachte er, so lange haben wir entwickelte Inseln ohne Verbindung. Das Land bleibt im Dornröschenschlaf. Aber Straßenbau war teuer. Er bremste und wich einem Esel aus, der auf der Straße Siesta hielt. Anna flog gegen die Scheibe und fluchte.

Mit jedem Kilometer wurde die Landschaft karger. Links und rechts der sogenannten Straße lagen endlose Weiten von Nichts – so kam es ihr jedenfalls vor: gekrümmte Büsche, Kakteen, Sand, in schmutzigem Gelbbraun. Menschen sah sie kaum, aber Kühe und Ziegen. Schon nach einer Stunde war sie verschwitzt und durchgeschüttelt und durstig. Percy deutete auf die Kühltasche, und Peter kramte die Cola heraus. Ein eiskalter Orgasmus ...

Percy sagte nichts mehr bis zur Ankunft in Tulume. Die Weite des Landes, die Einsamkeit verursachten ihm Unbehagen. Welch schiere Unmöglichkeit, dieses Land zu entwickeln. Es würde Jahrzehnte dauern und Millionen kosten und dann ... Was würden die Segnungen der Zivilisation seinen Leuten bringen? Die alten, traditionellen Strukturen würden zerbrechen, und die neuen würden die Lücken nicht so schnell schließen können. Hundert Jahre, dachte er und hatte die Vision einer Betonwüste statt eines schläfrigen Dorfes. Irgendwann, irgendwo zwischen dem alten und neuen Afrika, war ihm der blinde Glaube an die Entwicklung abhanden gekommen. Doch es spielte natürlich keine Rolle, was er glaubte. «Wir sind da, das ist Tulume.»

Tulume lag auf einem Hügel, der sanft anstieg. Es gab keine häßlichen Wellblechhütten wie in Basuto, nicht auf den ersten Blick.

Die runden Häuser waren aus Stein, von kleinen Mauern umgeben und in respektabler Entfernung gebaut. Sie machten einen fast gepflegten Eindruck. Frauen hockten vor dreibeinigen Kochtöpfen und rührten Kasawa. Kinder spielten mit Zivilisationsabfällen, Flaschen, Dosen und Autoreifen. Esel und Ziegen bevölkerten die Sandstraße, die sich zwischen den Häusern durchschlängelte. Percy zeigte auf ein Haus, das in der Sonne glitzerte. Es war aus Bierdosen gebaut. «Es gehört Achmad, dem Barbesitzer. An diesem Baumaterial mangelt es uns nicht.»

Mit zunehmender Steigung wurde die Straße steiniger, die Häuser größer und die Mauern höher. «In der Dorfhierarchie», erklärte Percy gelangweilt, «wohnen die reicheren Familien zur Hügelspitze hin. Dort ist auch der Versammlungsplatz, die Kottla, und der Dorfbrunnen sowie Schule und Kirche.»

«Sind viele Leute hier katholisch?»

«Fast alle, was sie nicht daran hindert, an *juju* zu glauben und dem Medizinmann ihre Opfer zu bringen.»

Sie standen oben auf einem Plateau, dessen Mittelpunkt ein Brunnen war. Dort hockten Frauen und Kinder unter Eukalyptusbäumen. Sehr bunt, sehr laut. Die Frauen legten die Wäsche nieder, als sie aus dem Auto stiegen, und die Kinder rannten schreiend auf sie zu. «Weiße kommen nicht so oft nach Tulume», sagte Percy und scheuchte die Kinder weg. Er führte sie an der Steinmauer entlang durch enge, staubige Gassen. Alles sah gleich aus, Anna hätte sich allein hoffnungslos verirrt. Sie sah neugierige, aber auch feindselige Blicke. Peter fotografierte wie ein Besessener. Percy führte sie mit verbissenem Gesicht. Sein Anzug wurde staubig. Er führte sie in einen kleinen Vorhof, in dem Frauen wie alte Krähen hockten, sie waren allesamt uralt und schwarz gekleidet. Sie saßen um ein kleines Feuer und murmelten in komischem Singsang. Anna fröstelte plötzlich.

Die Tür zu der Hütte aus dickem Sandstein war höchstens einen Meter hoch und die drei mußten sich tief bücken, um durchzukommen. Das erste, was Anna in dem Dunkel empfand, war die Kühle. Es roch wie in einem sehr alten, nie gelüfteten Keller. Erst als sich ihre Augen an die Dunkelheit gewöhnt hatten, sah sie die Umrisse eines winzigen, uralten Mannes, der auf einer Decke am Boden hockte. Percy verbeugte sich vor der Gestalt, die keine Bewegung machte. Er deutete mit einer Handbewegung an, daß sie sich auf den Boden setzen sollten. Der Alte sagte etwas, schrill und schnell.

«Er will ein Gastgeschenk.» Percy zeigte auf Peters Uhr. «Er will Ihre Uhr.»

«Der spinnt wohl, das ist eine teure Uhr.» Peter, die langen Beine gekreuzt und sich dessen schmerzhaft bewußt, fand sein Vorurteil bestätigt: Wie gierige kleine Kinder waren sie alle. Seine Abneigung gegenüber dem Skelett, das ihm mit halboffenem, fast zahnlosem Mund gegenübersaß, war größer als das Unbehagen. «Ich denke nicht daran, ihm meine Uhr zu geben.»

«Das wäre unhöflich. Dann müssen wir sofort gehen.»

«Stell dich nicht so an, Mensch, gib ihm schon die Uhr.»

«Was heißt, gib ihm schon die Uhr. Kann ich das vielleicht über Spesen absetzen. Du bist vielleicht gut.»

Anna spürte den stechenden Blick des Alten auf sich. «Ich beteilige mich an den Kosten, irgendwie rechnen wir das schon ab. Meinst du, ich will nach dieser Scheißfahrt wieder unverrichteter Dinge abziehen?»

Anna hätte schwören können, daß die Mumie grinste – ein zahnloses, furchterregendes Grinsen. Sie fischte ihr kleines Tonband aus der Tasche, während Peter unter Protest die Uhr an Percy reichte. «Können wir jetzt anfangen, Percy? Können Sie ihn fragen, ob er meint, daß es einen Zusammenhang zwischen dem Mord an der weißen Frau und *juju* gibt.»

Weiße, dachte Percy, haben das Feingefühl von Ochsen. «Die weiße Frau», übersetzte er, «hat ihr Ohr einem Gerücht in der Stadt geliehen, das da sagt, *juju* habe der weißen Frau in Basuto den Tod bereitet. Sie bittet dich um Verzeihung dafür, daß sie dich mit Gerüchten belästigt.» Dabei hatte Percy das komische Gefühl, daß der Alte zumindest ein paar Brocken Englisch konnte. Aber er konnte in der Dunkelheit sein Gesicht nicht richtig sehen. Und er hatte Angst. Scheißangst. Wenn er nicht sehr aufpaßte, würde der *juju*-Mann ihn und seine Nachkommen verfluchen.

«Affentheater», murmelte Peter und unterdrückte einen Furz, der in dieser Stille wie ein Donner eingeschlagen hätte. Schließlich sprach der Alte, und Percy übersetzte.

«Der weise alte Mann sagt, daß *juju* zu heilig sei, um es an eine weiße Person zu verschwenden. Er sagt, die Weißen haben ihren eigenen *juju*, in den Häusern, die sie Kirchen nennen. Das sagt der alte Mann.»

«Das heißt, der Mord hat nichts mit Zauberei zu tun?»

Der Alte flüsterte etwas. «Nein», sagte Percy, «der Mord hat nichts mit den beiden Männern zu tun, die am Strand gefunden wurden. Es sind böse Männer, sagt der Alte, aber sie haben die weiße Frau nicht umgebracht. Die weiße Frau ist von einem weißen Mann umgebracht worden, sagt der Alte. Aber er versteht es nicht, in den Weißen zu lesen, deshalb kann er den Mörder nicht nennen.»

Anna fragte weiter, aber es kam nichts dabei raus. Sie wußte nicht, wie lange sie schon auf dem harten Boden saß, sie hatte jedes Gefühl für Zeit verloren. «Was macht ein *juju*-Mann eigentlich?»

Uhren klauen, dachte Peter.

«Er ist dazu da, Leib und Seele zu helfen, meist hängt beides zusammen. Er ist Arzt im Dorf und Priester und Weiser, den man um Rat fragt. Er wacht darüber, daß gewisse Tabus nicht verletzt werden. Zum Beispiel, daß Kinder keine Eier essen dürfen, zum Beispiel, daß Frauen während der Schwangerschaft in einem separaten Raum leben müssen. Zum Beispiel, daß Tiere nach einem gewissen Ritual geschlachtet werden ... Es gibt da viele Beispiele. Diese hat der Alte genannt.»

«Warum keine Eier, das versteh ich nicht?»

«Eier behindern das Wachstum. Das werden Sie nicht verstehen, aber wenn es der Alte sagt, dann ist das so. An Tabus rührt man nicht.»

Nein, sie verstand nichts. Peter ging der Affenzirkus auf die Nerven. Er stand auf und verließ kommentarlos die Hütte. Percy war sprachlos über diese Unhöflichkeit. Der Alte bedeutete ihm mit einem Wort, daß er nichts mehr zu sagen wünsche. Aber er nahm Annas Hand und drehte sie mit der Handfläche nach oben. Er zog mit spitzen Nägeln Linien nach und murmelte etwas. Anna war näher herangekrochen und sah ihn jetzt deutlicher. Ein Gesicht, das so alt war, daß die Jahre keine Rolle mehr spielten. Der nackte Oberkörper war mit roter und weißer Kreide bemalt. Gott sei Dank, dachte sie, trägt er Jeans – das stellte die Normalität wieder her. Auch *juju*-Männer gingen mit der Zeit. Der Alte ließ ihre Hand fallen und wandte sich ab. Anna stand auf, verbeugte sich. Während sie durch die Tür kroch, hörte sie noch, wie der Alte etwas zu Percy sagte. «Was», fragte sie, als sie wieder draußen waren, «hat er gesagt?»

Percy hatte Schweißperlen um die Nase. «Ich darf Ihnen nicht alles sagen. Nur soviel: Sie sollen aufpassen. Sie werden dem Mörder sehr nahe kommen. Sie müssen dann klug entscheiden.»

«Hokuspokus. Nicht mal fotografieren läßt sich der Alte, was soll ich hier eigentlich. Die Weiber fingen auch an zu schreien, als ich anfing. Aber das wenigstens ist ein gutes Foto geworden. Die sehen ja aus wie die Aasgeier. Mensch, habe ich jetzt Durst. Gibt es in diesem Kaff eine Kneipe?»

Percy nickte. «Ja, und wir können dort auch eine Kleinigkeit essen, bevor wir zurückfahren. Aber erwarten Sie nicht zu viel. Wir sind hier im Busch.» Er war erschöpft, als ob ihm der Alte das Mark aus den Knochen gesaugt hätte. Er ging voran und eine Steintreppe hoch zu einer kleinen Veranda mit klapprigen Tischen unter ausgefransten Sonnenschirmen. Um die Mittagszeit war der Marktplatz leer, nur im *Restaurant Oasis* saßen ein paar verschwitzte Gestalten.

Father O'Leary saß da vor einer Literflasche lauwarmen Bieres und unterhielt sich mit dem Farmer Osthuizen. Am Tisch daneben saßen die Krankenschwester und die Lehrerin. Percy steuerte auf den dritten, freien Tisch zu. Ein Kellner, dessen Uniform vor langer Zeit einmal weiß gewesen war, schlurfte unwillig auf sie zu. Achmad, der Besitzer, hob den Blick von der Zeitung von gestern: neue Gesichter, neue Geschäfte. Gott sei Dank funktionierte der Generator wieder. Er hatte sogar Eis anzubieten.

Touristen, dachte Osthuizen verächtlich und taxierte Anna. Father O'Leary starrte die neuen Gäste mit unverhohlener Neugierde an. Er war Ire, er redete gerne, und mit dem zähen Buren konnte man keine großen Gespräche führen. Er war selbstkritisch genug, seine Berufung nach Tulume als Strafe Gottes zu sehen, für seine vielen läßlichen Sünden: das Bier und den Whisky, schlimmer noch die Zeitschriften *Playboy*, die ihm Father Dominick regelmäßig aus Dublin schickte. Die Pakete waren als «Kirchenmaterial» gekennzeichnet und wurden vom Zoll nie geöffnet. Die *Playboys* tauschte er dann mit Achmad gegen Whisky ein, aber er hatte ihn im Verdacht, daß dieser sie mit hohem Gewinn an Osthuizen weiterverkaufte. Die meisten Südafrikaner, dachte der Father, sind gräßliche Heuchler: gottesfürchtig und Hüter der Moral, dabei wußte jeder im Dorf, wie viele verdächtig hellhäutige Kinder auf Osthuizens Farm herumliefen. Aber er würde sich hüten, mit dem Farmer darüber zu reden, einem seiner wohlhabendsten Schäfchen. Solange sich niemand darüber aufregte, mochte Gott ein Auge zudrücken, oder beide. Oh, wie er die Diskussionen mit geistreichen Menschen vermißte, die irischen Kneipen, das Guiness. Er musterte kurz die beiden amerikanischen Entwicklungshelferinnen. Wie immer nachlässig gekleidet, wie immer Kaugummi im Mund. Und sie waren – der Schöpfer möge ihm verzeihen – häßlich geraten. Die Krankenschwester hatte eine fatale Ähnlichkeit mit dem Lieblingspferd des Häuptlings.

Lisa und Ellen, die sich, eher der Not als dem Trieb gehorchend, befreundet hatten, warteten ungeduldig auf ihr Essen. Auch sie musterten die Fremden unverhohlen. Jede Abwechslung war willkommen in Tulume. «Der Schwarze», flüsterte Lisa, «muß ein hohes Tier sein, sieht richtig arrogant aus.»

Ellen nickte und warf einen zweiten Blick auf den Mann mit den Fotoapparaten.

Percy fragte den Kellner nach Eßbarem. «Lamm-Curry.» Dem Kellner kam kein Wort zuviel aus. Bei dem Hungerlohn, den Achmad ihm zahlte, sah er keinen Grund zu Energieverschwendung.

«Keine direkte Lüge, der Hammel war bestimmt mal ein Lamm.» Father O'Leary lächelte gewinnend, und Anna lächelte zurück. Sie starrte fasziniert auf seine rote Nase und die schlauen Knopfaugen, die in Schichten von Fett gepolstert waren. «Sie sehen aus wie jemand, der etwas von gutem Essen versteht.»

«Mehr von gutem Whisky, würde ich sagen.» Osthuizen kicherte und ignorierte den giftigen Blick O'Learys. Auch die beiden Amerikanerinnen und Achmad grinsten.

«Also dann, drei Hammel-Curry. Und drei Bier, kalt, wenn das geht.» Der Kellner schlurfte angewidert weg. «Boy», schrie Osthuizen ihm nach, «noch zwei Whisky.» Percy zuckte bei dieser Anrede zusammen, aber er schwieg. Der Father protestierte nur schwach. «Kommen Sie aus Basuto?» Er wandte sich an Anna.

«Oh, ich muß mich vorstellen. Ich bin Father O'Leary, Seelsorger dieser kleinen Gemeinde.»

«Anna Marx, Mr. Molefe, Mr. Engelmann. Ja, wir kommen aus Basuto. Wir haben den hiesigen Medizinmann besucht. Es war sehr interessant. Und jetzt sind wir sehr durstig.»

Der Kellner hatte Osthuizen zuerst bedient, und der kippte den doppelten Whisky, als ob es Wasser wäre. «Den alten *juju*-Mann, sagen Sie? Seit wann empfängt der denn weiße Touristen? Der braucht wohl Geld, was?»

«Nein, Uhren», sagte Peter. Percy wünschte sich weit weg. Der Alte würde von diesem Gespräch erfahren. Osthuizen spuckte vergnügt aus. Er verschwieg, daß er den Alten auch schon konsultiert hatte. Nach einem Schlangenbiß, nachdem diese unfähige Krankenschwester ihm gesagt hatte, daß das Serum schon verfallen war. Da war er zum erstenmal zu dem Alten gegangen, und der hatte ihn tatsächlich geheilt, mit stinkenden Kräutern. Aber teuer war es gewesen, der Alte hatte ihm eine seiner besten Milchkühe abverlangt. Und ein Bure hält, was er verspricht.

Die Krankenschwester konnte sich nicht mehr beherrschen. «Mir ist der Alte unheimlich», sagte sie. «Man hört doch von den komischen Orgien in seinem Hof, wo sie Ziegen schlachten und irgendwas mit dem frischen Blut machen ...»

«Mein liebes Kind, das sind Traditionen, keine Orgien. Sonst würde ich wohl als erster dagegen wettern ...»

«... und nichts erreichen», brummte Osthuizen sein Gegenüber an und bestellte noch zwei Whisky. Im Trinken zumindest war ihm der Father ebenbürtig. O'Leary warf ihm einen exkommunizierenden Blick zu und akzeptierte den Drink.

Percy beteiligte sich mit keinem Wort. Er hatte Angst vor dem Buren, vor einer Demütigung. Vor solchen Leuten fühlte er sich nur in seinem Büro sicher. Im Busch galten andere Gesetze. Peter musterte die Amerikanerinnen. Die eine, dachte er, sieht aus wie ein Pferd, die andere wie ein Wiesel, und sie waren furchtbar schlampig gekleidet. Falls sie Figuren hatten, waren sie als solche nicht zu erkennen. Er stand auf und fragte Achmad nach der Toilette. Der Inder zeigte mit dem Finger auf eine Holztür neben der Küche.

Als Peter zurückkam, war er um eine Spur blasser. «Also, mir ist der Appetit vergangen. Das ist das dreckigste, stinkendste Klo, das ich in meinem Leben je gesehen habe, und ich habe schon viele gesehen.»

Der Kellner knallte drei überschwappende Teller auf den blanken Tisch. Percy verlangte Servietten. Anna starrte mit Widerwillen auf pappigen Reis und eine fetttriefende Brühe, in der gelbe Fleischstücke schwammen. Peter bestellte zwei Brandy. «Anders kriegen wir das Zeug nicht runter.» Percy kaute schweigend.

Osthuizen erreichte langsam den Grad von Trunkenheit, der ihn milder stimmte. Vielleicht sollte er doch mal eine von den Amerikanerinnen probieren, die brauchten sich nur ordentlich zu waschen. Seine eigene Frau, Gott bewahre, war nun einmal der unbeirrbaren Meinung, daß einmal in der Woche genügte. Sie tat ihre Pflicht, und sie hatte ihm vier Söhne geschenkt. Wo sollte er also hin mit seiner Manneskraft. Es gab ja nur schwarze Mädchen in diesem Kaff. Ob Father O'Leary auch? Obwohl, der ertränkte seine Regungen vermutlich in Whisky und Bier. Und er enthielt sich bei der Beichte jeder Bemerkung. Und die Mädchen auf seiner Farm, na, die waren froh, wenn sie so schöne, hellhäutige Kinder bekamen. Sollte einer es wagen, sich darüber aufzuregen. Wer wohl dieser Schwarze bei dem weißen Pärchen war, der da so stumm und arrogant dasaß. Wohl ein *kaffir*, zu dem man besser nicht *kaffir* sagte, so ein Regierungsheini, der jetzt meinte, den Weißen ebenbürtig, wenn nicht überlegen zu sein. Osthuizen war nicht so dumm, sich mit so einem Typ von Neger anzulegen. Schließlich war er ein Bürger von Samyana, dritte Generation, und er liebte seine Farm, sein Leben hier. Er würde denen keinen Grund geben, ihn rauszuschmeißen, oh, nein. «Father, noch einen letzten Whisky, dann fahren wir zur Kirche. Ich habe Ihnen doch eine neue Orgel versprochen. Die Gemeinde singt so gerne.»

Anna hatte den Hammel mit zwei Brandies runterbekommen. Die Hitze verschärfte die Wirkung des Alkohols, und sie war auf einmal sehr müde. So drängte sie zum Aufbruch, und Percy war nur allzugern bereit. Peter rülpste zustimmend. Anna zahlte.

Während der Rückfahrt, Peter schnarchte auf dem Rücksitz, und Anna grübelte über die Worte des Medizinmannes nach, wurde

Percy gesprächig. «Was halten Sie», fragte er, «von dem Farmer in Tulume, diesem Osthuizen?»

Anna versuchte, Osthuizen in eine ihrer Schubladen zu stecken. «Er hat wohl ein sehr schlichtes Weltbild, ohne Selbstzweifel. Aber wahrscheinlich ist er tüchtig, paßt in die Landschaft, und ich könnte mir vorstellen, daß er gar nicht schlecht für seine Arbeiter sorgt. Behandeln schwarze Farmer ihre Arbeiter besser, was meinen sie?»

Percy fluchte, weil er einer Kuh ausweichen mußte. «Natürlich behandeln sie sie nicht besser, in der Regel sogar schlechter, obwohl es darum gar nicht geht. Osthuizen ist ein Bure, ein Patriarch in seinem Königreich. Wer gut arbeitet und nicht aufmuckt, hat es wahrscheinlich gut bei ihm. Er ist zweifelsohne tüchtig, noch brauchen wir ihn. Aber die Zeiten ändern sich. Unser Land besteht nicht mehr nur aus Analphabeten, die der Master mit ein paar Benquas, einem Sack Mais in der Woche und Bier zufriedenstellen kann. Mit Leuten, wie ich es bin, kann Osthuizen nichts anfangen, ich passe nicht in sein Weltbild von guten und schlechten Schwarzen, faulen und fleißigen, gehorsamen und aufmüpfigen. Ich bin nicht so verbohrt, Frau Marx, unsere Probleme schwarz-weiß zu sehen. Aber Osthuizen ist ein Anachronismus. Er besitzt zuviel Land. Er regiert dort wie ein König. Eines Tages muß er gehen.» Aber es wird noch eine Weile dauern, dachte er bedauernd.

Während Percy seine Höllenmaschine mit triumphierendem Quietschen zurück auf die Teerstraße beförderte und Peter fast vom Rücksitz fiel, dachte Anna über die Warnung des Medizinmannes nach. Wen hatte er gemeint? Doch nicht Jochen? Der Gedanke war unerträglich, und sie schob ihn ganz schnell weg. Biele oder Braun? Anna schoß sich, ohne logische Gründe, auf Rainer Schöne ein. Da war einmal der Brief. Sie mußte ihm diesen Brief zeigen und eine Reaktion abwarten. Welche? Daß er zusammenbrach und gestand? Oh, Anna. Sie war eine unbegabte Detektivin. Ließ sich mit dem Hauptverdächtigen ein und verdächtigte einen anderen, bloß weil sie ihn nicht mochte. Sie hielt ihn für gefühlskalt, ja, sogar für grausam. Sie fühlte sich unbehaglich in seiner Gegenwart. Schluß damit. Es war eine gute Geschichte, mehr wurde von ihr nicht verlangt: ein grausamer Mord, ein merkwürdiges kleines Land mit merkwürdigen Leuten, ein *juju*-Mann mit finsteren Warnungen, ein Gärtner im Gefängnis, ein Kind im Krankenhaus ... Der erste Satz ihres Artikels, über dem sie oft länger saß als über dem Rest der Story, war schon formuliert: Weiße sterben selten in Samyana.

XIV

«Wir haben es geschafft.» Percy bremste vor der Hoteltür so abrupt, daß Peter endgültig vom Sitz flog. Percy grinste, und Anna, zerschlagen wie sie war, lachte laut los. «Nie wieder lasse ich mich von einem Bimbo fahren», fluchte Peter auf deutsch. «Möchten Sie mit auf ein Bier kommen?» Anna hievte ihr schmerzendes Gestell aus dem Auto. «Nein, vielen Dank, ich muß noch zur Chefin. Ich hoffe, Sie haben die Fahrt genossen. Jetzt wissen Sie alles über Medizinmänner. Wir sehen uns sicher noch, bevor Sie abfliegen.»

Nichts weißt du, dachte er beim Wegfahren. Du könntest Monate mit dem alten Mann verbringen und würdest nichts wissen. Percy sah sein Vorurteil bestätigt, daß Weiße unhöflich waren. Der Fotograf hatte sich nicht einmal bedankt. Die Rothaarige hatte das wenigstens getan. Und jetzt mußte er Lady Miriam Bericht erstatten. Dann würde er in sein klimatisiertes Haus fahren, einen Drink nehmen und eines der Mädchen ...

Die Apartheid funktionierte nach den Bierpreisen. Die waren in der Bar drinnen geringer als in der Pool-Bar. Drinnen standen hauptsächlich die Schwarzen, draußen die Weißen. Unter ihnen Braun, Biele und Jochen.

«Willkommen in der Zivilisation, ihr beiden. Na, wie war die Fahrt? Hat Percy euch ordentlich durchgeschüttelt?» Biele bestellte ungefragt noch zwei Gläser Bier.

Jochen nahm Anna am Arm. «Sei lieb zu mir heute. Meine Schwiegermutter ist mit dem Kind abgeflogen. Mmusi war heute morgen bei Margot und hat anschließend erklärt, daß sie weg kann. Die Ärzte hier können ohnehin nichts für sie tun. Einerseits bin ich froh, aber andererseits ...»

«Hat Mmusi was erfahren? Hat Margot was gesagt?»

«Mensch, Anna, du denkst auch nur an deine Story.»

Jemand schubste sie von hinten, und Bier schwappte über den

dämlichen Safarianzug. «Na hör mal, dazu bin ich schließlich hier. Hast du das vergessen?»

Die zarte Pflanze der Liebe krümmte sich. «Nein, aber du könntest etwas taktvoller sein.» Bevor Anna etwas erwidern konnte, bestellte er bei dem Barmann, der sich von schreienden, durstigen Mäulern überhaupt nicht aus der Ruhe bringen ließ, noch zwei Bier. Hans Braun schob sich an sie heran. «Kann ich euch zwei mal kurz stören, ihr kommt doch zu unserer Party heute abend. Nein, Anna, keine Müdigkeit vortäuschen. Sie müssen auch mal andere Leute kennenlernen als die aus dem Elfenbeinturm. Ihr kommt also. Gut, bis später dann ...»

«Der Hans hat mal wieder nicht seine Runde bezahlt», bemerkte Biele giftig. «Er ist wirklich ein Schnorrer und das bei sechstausend im Monat steuerfrei.» Er bestellte noch eine Runde. Anna protestierte. «Ich muß noch rumtelefonieren und mich mindestens eine Stunde in die Badewanne legen. Ihr wollt hierbleiben? Gut, ich komme wieder runter. Und, Jochen, bitte trink nicht zuviel.»

Anna hörte nicht mehr, was Biele zu Jochen sagte: «Die Bemerkung war ja schon einer Ehefrau würdig. Laß dir bloß nichts gefallen, man muß den Anfängen wehren. Prost.»

Jochen hörte nicht zu. Er dachte an seine Tochter und seine tote Frau, die jetzt in die Heimat flogen. Er dachte daran, wie er vor ihrer Leiche gestanden hatte. Was hatte er empfunden außer Schock? Schmerz? Nein, fast eine gewisse Häme. Er erinnerte sich, daß er laut gesagt hatte: Du bist zu weit gegangen, Anna, diesmal bist du zu weit gegangen. Dann hatte er Margots Schreie im Kinderzimmer gehört ... Der Rest war ein Alptraum aus Polizeiverhören, Bürokratie, Angst, Ekel ... Komisch, wie jeder Tod auch eine bürokratische Katastrophe war. Anna war tot, und er stritt mit den Flughafenbehörden, weil ihr Sarg zu groß war. Wie lächerlich alles war, eine lächerliche Tragödie ... Jochen war in jenem Vorstadium der Trunkenheit, das bei ihm Selbstmitleid auslöste. «Was hast du gesagt, Klaus?»

«Ich habe gesagt, daß über deine Affäre mit Anna Nummer zwei ganz schön geklatscht wird. Mensch, wenn du schon keine Trauerfristen abwartest, könntest du wenigstens diskreter sein.»

«Ich scheiß auf den Klatsch, verstehst du. Irgendwas in mir ist kaputtgegangen in den letzten Wochen, und Anna Nummer zwei, wie du sie nennst, ist der Strohhalm, an den sich die Reste meiner

Gefühle klammern. Ich brauche sie, ich brauche ihre Wärme, ihre Normalität in dieser absurden Situation. Kannst du das nicht verstehen? Komm, bestell mir einen Kaffee. Ich habe erst einmal genug getrunken.»

Klaus Biele war nicht in der Stimmung für anderer Leute Selbstmitleid. Er hatte einen harten Tag im Ministerium hinter sich. Ein einflußreicher Staatssekretär wollte eine Fischfabrik in seinem Wahlbezirk im Norden forcieren. Ökonomisch unvertretbar. Das hieße, eine Straße bauen, Kühlwagen anschaffen, die verdammten Fische 300 Kilometer hin- und wieder zurücktransportieren. Als ob man die Fabrik nicht in einem Dorf am Meer bauen könnte. Da wäre zumindest die Hoffnung auf Rentabilität. Aber nein, der Herr Staatssekretär mußte sich in seinem Heimatdorf ein Denkmal setzen und argumentierte mit Arbeitsplatzbeschaffung und Industrialisierung im unterentwickelten Norden. Und ein paar von den weißen Beratern witterten Morgenluft, lukrative Verträge, und sie kümmerten sich einen Scheißdreck darum, ob die Fabrik sich einmal rentieren würde. Er, Klaus Biele, kämpfte gegen Windmühlen. Nein, er war wirklich nicht in der Stimmung für Jochens Selbstmitleid und auch nicht in der Stimmung, auf die Party zu gehen. Schon wieder einen Tag, eine Nacht versaufen. Andererseits hatte er auch keine Lust, mit sich allein zu sein. Na, vielleicht würde er jemanden abstauben auf dieser Party. AIDS war noch kein Thema in Basuto.

Am äußersten Ende der Bar hob Polizeichef Mmusi sein Glas, ohne einen Blick von den beiden zu wenden. Er trank Coca-Cola, und er hatte Sorgen. Am Morgen war er in die Residenz zitiert worden, und Lady M. hatte ihm unmißverständlich klargemacht, daß sie einen Abschluß der Untersuchungen wünschte, bevor der Präsident zurückkam. Eine Mordanklage und die Abreise der beiden Journalisten, sonst ... Sie hatte ihn auch auf den «Tod des Flittchens» angesprochen. Mord oder Selbstmord? Ihm unbegreiflich, wieso sie sich auf einmal für Polizeiarbeit interessierte. Ihre Sphäre waren Repräsentation und Wohltätigkeit. Nun, da der Präsident weg war, mischte sie sich auch noch in Internes. Einer schwarzen Lady wäre das nie in den Sinn gekommen. Aber das tote Mädchen bereitete ihm wirklich Kopfschmerzen. Woher hatte sie die Arsen-Tabletten? Wieso sollte sie sich umbringen? Solche Mädchen begehen keinen Selbstmord. Warum hatte sie Hellmanns Telefonnummer auf ein Blatt gekritzelt? Er hatte vorsichtig auf einen Zusammenhang angespielt, aber sie hatte ihn abgekanzelt. Er sei kein Sherlock Holmes, hatte sie spöttisch gesagt. Man erwarte von ihm lediglich, daß er den Fall schnellstens zu Ende bringe.

Sie hatte nicht ausgeredet. Mmusi dachte an seine Firma im Landesinneren, die er gerade gekauft hatte, seine Altersversicherung. Er dachte an das Darlehen der Staatsbank, an seine Familie. Welche Bedeutung hatte Wahrheit? Die Wahlen standen vor der Tür, und der Präsident konnte keine Skandale gebrauchen. Ruhe und Ordnung. Er, Mmusi, war zu neugierig, zu verbissen. Die Selbstkritik wischte ein Lächeln auf sein Gesicht. Vielleicht waren es auch niedrigere Motive, die ihn so stur machten. Die kaum verhüllte Herablassung aller Beteiligten hatte ihn geschmerzt. So, als ob sie es als Zumutung empfänden, daß er, ein Schwarzer, im Privatleben einer Weißen herumwühlte. So, als ob sie ihm ohnehin nicht zutrauten, den Fall zu lösen. Schon allein die Alibis. Jeder hatte eines und doch keines. Der Botschafter zum Beispiel hatte die Alibifrage schlicht ignoriert, ebenso wie Dr. Gebbels. Der Ehemann, sein bester Kandidat, konnte nicht beweisen, wann er aus seinem Büro abgefahren war, und dasselbe ließ sich von Dr. Biele sagen, der noch am Nachmittag mit dem Opfer telefoniert hatte. Seine Sekretärin hatte zwar angegeben, daß er zur Mordzeit im Büro war, aber Mmusi hatte wenig Vertrauen in das Zeitgefühl seiner Landsleute. Die Frau besaß nicht einmal eine Uhr. Eine andere merkwürdige Figur war dieser Hans Braun. Über ihn gab es eine Akte im Präsidium, seine Kontakte zu südafrikanischen Flüchtlingen waren eine Zeitlang mit Mißtrauen beobachtet worden. Aber Oberst Mippi hatte abgewinkt. Der Mann sei ein harmloser Spinner ... Beim Verhör hatte die schrille Frau Braun gemeint, daß der südafrikanische Geheimdienst ... Mmusi hatte es tunlichst überhört. Denen konnte man schließlich nicht alles in die Schuhe schieben, der politische Skandal wäre undenkbar ... Die Brauns gaben sich gegenseitig ein Alibi, was nicht viel zu sagen hatte. Und mit wem hatte die Tote noch Geschlechtsverkehr gehabt, wenn nicht mit dem Ehemann?

Dann der Arzt, ein arroganter Kerl. Hatte eine Flasche Whisky als Zeugen für die Tatzeit. Und hatte das auch noch komisch gefunden. Wie gern hätte Mmusi ihn mit aufs Präsidium genommen und einem Spezialverhör unterzogen. Aber er wußte, und der Arzt wußte, daß Weiße, Europäer allemal, in Samyana mit Glacéhandschuhen angefaßt wurden. Man stülpte ihnen keine Plastiktüten über den Kopf. Mmusi hatte ein wenig rumgeschnüffelt im Leben des Arztes, aber außer Frauen und Alkohol war nichts dabei rausgekommen. Ein Freund des Hauses, aber Anna Hellmann hatte anscheinend zu viele Freunde gehabt. Und mindestens einen Feind. Zwei Mädchen hatten angegeben, daß der Arzt ziemlich brutal sei, zwei Krankenschwestern. Er habe sie geschlagen, sagten sie. Aber anzeigen, nein, das wollten sie nicht. Mmusi hatte Dr. Schöne zähneknirschend laufenlassen. Blieb also nur der Gärtner ... Aus den beiden Idioten war nichts herauszuholen, ein Ritualmord war beim besten Willen nicht zu konstruieren.

Mmusi seufzte und trank sein Glas leer, während er mit traurigem Blick die Mädchen in der Bar musterte, die ihren Lebensunterhalt auf dem Rücken verdienten. Prostitution war illegal in Samyana, aber das Gesetz gegen den Fleischverkauf war noch nie angewandt worden. Es waren zu viele und überhaupt, wie sonst sollten sich die Mädchen ernähren? War eben auch eine Art, den Weißen das Geld aus der Tasche zu ziehen. Lady M. wetterte zwar hie und da gegen die Unmoral, aber Lady M. war auch gegen legale Abtreibung und kostenlose Empfängnisverhütung. Es wäre besser, dachte er, wenn man diese Mädchen registrieren und regelmäßig untersuchen würde. Es wäre ehrlicher und gesünder. Er schob dem Barmann das genau abgezählte Geld hin und wälzte sich vom Hocker. Er würde morgen mit der Rothaarigen sprechen und ihr den Kopf des Gärtners präsentieren, auf einem Silbertablett, gewürzt mit Motiven und Beweisen. Nein, es war wirklich nicht schade um diesen Beauty. Der wäre früher oder später sowieso da gelandet, wo er jetzt war – auf dem Weg zum Galgen.

XV

Hans Braun trug ein afrikanisches Hemd in grellen Farben und eine Kette, passend zum Ohrring. Er begrüßte Anna und Jochen mit Wangenküssen. Das kleine Wohnzimmer quoll über, Anna wurde schwarz vor Augen. Es roch nach Schweiß, Zigaretten und Haschisch. Sie rückte näher zu Jochen, als wolle sie sich festhalten.

Er hatte allein auf sie gewartet, in melancholischer Pose. Das Gespräch mit Bonn, mit Grübchen, hatte sie wütend gemacht. Er wollte, daß sie ihren «Afrika-Urlaub» beendete, in Bonn gäbe es wichtigere Affären. Die Story war plötzlich nicht mehr so gefragt, würde wahrscheinlich nicht einmal Aufmacher werden. Anna war enttäuscht, verärgert über Grubers rüden Ton, aber sie hatte überwiegend ja gesagt. Sie war keine Kämpfernatur. Sie widersprach ihrem Chefredakteur nicht. Als sie aufgelegt hatte, wurde ihr bewußt, daß auch der Abschied von Jochen bevorstand. Eine seltsame Mischung aus Schmerz und Erleichterung ...

Sie trug ihr schönstes, weißes Kleid, und der Sonnenbrand war in dezente Bräume übergegangen. «Schön bist du», hatte Jochen gesagt, und sie liebte ihn ein bißchen. Sie sagte nichts von dem Gespräch, von der baldigen Abreise.

«Getränke und Speisen in der Küche, bitte Selbstbedienung», übertönte Braun den Lärm. Er stellte Anna einigen Leuten vor, deren Namen und Gesichter an ihr vorbeischwammen. Viele Professoren, viele Rasta-Frisuren, viele hübsche Mädchen. «Ich hole uns was zu trinken», murmelte Jochen und boxte sich in Richtung Küche durch. «Wir treffen uns auf der Terrasse.»

Aus den Lautsprechern, die optisch und akustisch das Zimmer beherrschten, drang laut und durchdringend afrikanische Musik. Die Rhythmen gingen erst in die Beine und dann ins Ohr. Anna stand verloren da und schaute drei Afrikanerinnen zu, die laszіv und selbstvergessen tanzten. Anna kam sich vor wie ein kleines grünes Männchen auf einem fremden Planeten. So würde sie sich nie bewegen können. Die Musik nervte sie. Sie drängte sich durch zur Terrasse, wo Biele im Gespräch mit einem bärtigen Afrikaner war. Er zwinkerte ihr zu. Seine Hosen sind mal wieder eine Spur zu eng, dachte sie.

Die weißen fünf Prozent waren fast ausschließlich auf der Terrasse. Ina Braun saß auf Schönes Knie und lachte laut. Eine kleine, bemerkenswert häßliche Blondine tanzte auf dem Rasen in einer lächerlichen Imitation der afrikanischen Tänzerinnen. Ein Mensch mit Rasta-Haaren tauchte vor Anna auf. Tanzen? Während sie sich eine höfliche Absage überlegte, hatte der Typ sie schon auf den Rasen gezogen. Er grabschte ihren Hintern mit beiden Händen und wiegte sie unanständig nach dem langsam gewordenen Rhythmus. Anna versuchte vergeblich, die Umklammerung zu lockern. «Wie heißt du, Schwester?»

«Anna. Kannst du nicht mal loslassen?»

«Du gefällst mir, Anna. Wo wohnst du?»

Sein Tempo war ebenso beängstigend wie die physische Nähe. Anna versuchte, ihr Becken möglichst weit wegzudrehen. Grobheit? Bei dem Gedanken einer rassistischen Auslegung fing sie an zu schwitzen. Nur das nicht. Das Lied war zu Ende, und der Typ ließ sie grinsend los. «Okay, Baby, wir sehen uns.» Nachgemachter amerikanischer Akzent. Ihr war speiübel vor Wut, über sich selbst vor allem. Sie stolperte auf Jochen zu, der ihr ein Glas entgegenhielt. «Gehen die hier alle so scharf ran?»

Neben Jochen stand ein Mensch mit Vollbart, der schön war und amüsiert lächelte. «Quesi Padjanong – Quesi ist ein alter Freund der Familie. Er ist Psychologieprofessor an der Universität und kommt aus Nigeria. Diese leicht echauffierte junge Dame, Quesi, ist eine Starjounalistin aus Deutschland, also nimm dich in acht. Und sie tanzt auch noch wie ein Vampir.» Das hatte bissig geklungen.

Quesi funkelte sie an, und Anna fühlte ihre Knie weich werden, aber angenehm. «Für uns Afrikaner ist Tanzen eine äußerst eindeutige Vorstufe zum Sex. Aber was Sie wissen müssen, Anna, ist, daß wir Afrikaner eine Abfuhr überhaupt nicht übelnehmen. Sie hätten den Typen ruhig anfahren können. Ganz allgemein gilt die Regel, daß Touristinnen nicht lange im Lande sind, da muß man sich beeilen. Und wir halten sowieso nichts von langem Vorspiel. Sex ist für uns wie Essen und Trinken, warum ein Getue darum machen? Unsere Frauen erwarten keine romantischen Vorstufen. Sex ist Vergnügen, Ehe materielle Sicherheit und Liebe ein Luxus.»

Anna trank durstig den süßen Wein. «Mir ist das zu technisch. Dazu bin ich zu emanzipiert, oder nicht genug, wie man's nimmt.»

«Jochen, läßt du mich mit deiner emanzipierten Freundin einmal tanzen?»

«Nein.»

Was für ein schöner Mann. Annas innere Schweinehündin entfaltete sich. «Nein, tanzen nicht, aber warum gehen wir nicht auf ein Glas in die Küchenbar. Dann können Sie mir mehr über afrikanischen Sex erzählen.»

Jochen sah sie mit Hundeaugen an und zuckte die Achseln. «Ich warte hier auf dich, mir ist es drinnen zu heiß.»

Warum nur, fragte sich Anna beim Hineingehen, habe ich Schuldgefühle? Bloß, weil ich mit einem anderen Mann in die Küche gehe? Kaum fängt die Liebe an, schnallt man den Freiheitsgürtel enger. Quesi bahnte den Weg zu den Flaschen. Anna beobachtete, wie sich jemand eine Flasche in die Tasche steckte. Sie setzte sich mit Quesi auf den kahlgefressenen Küchentisch und langte nach einer einsamen Olive. Sie baumelte mit den Beinen und mit der Seele. Quesi erzählte was, aber sie beobachtete Jochen, der im Wohnzimmer mit der häßlichen Blonden tanzte. Anna zuckte erst zusammen, als Quesi den Namen «Schöne» erwähnte. «Was haben Sie eben gesagt?»

«Ich habe gesagt, daß ich nur drei Häuser weiter neben den Hellmanns wohne, in den Universitäts-Häusern am Strand. Ach, Schöne meinen Sie. Sie müssen zuhören, Anna, das ist schließlich ihr Beruf. Ich habe erzählt, daß ich an dem Tag, als Anna ermordet wurde, früher nach Hause gefahren bin, mit einer Studentin übrigens, ich habe ein erotisches Alibi. Wir saßen zunächst in der Küche und tranken Tee, und da habe ich gesehen, wie dieser Dr. Schöne zu Hellmanns Haus fuhr. Ich habe mir gedacht, daß er als Arzt gerufen wurde.»

«Nein, ist er nicht, jedenfalls soweit ich weiß. Wenn Schöne da war, dann in einer anderen Funktion. Sind Sie ganz sicher, Quesi?»

«Natürlich bin ich sicher, ich kenne ihn doch. Nein, natürlich habe ich der Polizei nichts davon gesagt, sie haben mich nicht danach gefragt. Ist ja auch belanglos. Der Gärtner ist der Mörder ...»

«Ich bin mir da nicht so sicher.»

Anna kam sich vor wie ein Moskito im Sturzflug. Sie mußte sich jetzt an Rainer Schöne ranmachen, irgendwie. Sie ließ Quesi einfach sitzen. Verdammt, dachte er, und ich wollte sie abschleppen. Aber es lag nicht in seiner Natur, verlorenen Gelegenheiten nachzutrauern. Während Anna in dem Gewühl nach Schöne suchte, taxierte Quesi das Frauenmaterial. Anna fand ihr Opfer im

Garten, unter einem Zitronenbaum, allein bis auf eine Flasche Whisky. Sie setzte sich zu ihm ins Gras.

«Ah, die Journaille gibt mir die Ehre. Ich habe mich schon gefragt, wann du mich ansaugst. Hier, Mädchen, nimm ein Glas und trink was. Ich organisiere immer eine Flasche, bevor die Vorräte ausgehen. Meine Leber schreit nach dem Stoff, aus dem die süßen Träume sind. Und Hans' Parties ertrage ich nur im betrunkenen Zustand, genau wie diese Stadt, dieses Land. Prost, Mädchen, auf die Liebe.»

Er ist, dachte Anna, geradezu unangenehm schön und lange nicht so betrunken, wie er tut. Eine schöne Katze oder Ratte. Sie würde ihn allzugern in die Schublade ‹Mörder› stecken. «Apropos Liebe. War Anna wirklich so ein *man-eater*, ich meine, niemand scheint sie wirklich gemocht zu haben.»

Rainer Schönes Warnsignale funktionierten noch. Er überlegte kurz, ob er überhaupt auf das Thema eingehen sollte. Aber er hatte, außer Alkohol und Frauen, noch eine Schwäche: Er hielt sich für klüger als seine Mitmenschen. Anna war seiner Meinung nach nur Mittelmaß. Ihr Versuch, ihn auszuhorchen, war plump. Also warum nicht ein wenig Wahrheit über Anna?

«*Man-eater*, das ist so ein dummes Etikett, typisch Journalist. Sie war ein Weib durch und durch. Sie folgte nur ihren Instinkten, ihrer Gier. Das Leben mußte was hergeben, sie haßte Langeweile. Nun, auch ihr Tod hat was hergegeben. Vielleicht hat sie ihr letztes Drama auch noch genossen, wer weiß. Wozu anständig sein und ein langweiliges, mittelmäßiges Leben führen. Afrika, dieses Scheißklima hier, bringt das Beste und das Schlechteste in uns raus. Afrika bringt uns alle um, irgendwie. Anna hat hierhergepaßt in ihrer rabiaten Lebensweise. Sie war übrigens immer schon so.»

Er hätte sich die Zunge abbeißen mögen. An Annas scharfem Blick sah er, daß sie den letzten Satz gehört hatte. Na, wenn schon, dachte er, laß sie ein bißchen Blut lecken.

«Wieso, kannten Sie sie von früher?»

Wie plump sie fragte. Wie dumm sie war. «Anna war meine Jugendliebe. Wir gingen in Hamburg in die gleiche Schule. Wir waren ein schönes Paar, Anna und ich, es war eine verdammt gute Zeit. Bis dann die Geschichte passierte.» Aber die würde er ihr nicht erzählen.

«Die Geschichte mit der Vergewaltigung?» Anna konnte sich ein triumphierendes Lächeln nicht verkneifen.

Woher nur wußte sie das? Ach ja, von der Alten, von Annas Mutter. Die hatte ihr Maul ja nie halten können. Dann war es wohl besser, die Geschichte in die richtige Perspektive zu rücken: «Jaja, die sogenannte Vergewaltigung. Annas Jungmädchenspiele sind plötzlich in eine Vergewaltigung ausgeartet. Ihre Mutter hat einen Riesenwirbel gemacht, und wir mußten die Schule wechseln, von elterlichen Repressalien ganz zu schweigen. Die Alte hätte es auch noch fertiggebracht und wäre zur Polizei gerannt. Aber soviel ich weiß, haben unsere Eltern Schmerzensgeld gezahlt. Ich weiß allerdings nicht, wieviel Annas Jungfräulichkeit wert war. Jedenfalls habe ich sie dann aus den Augen verloren.»

«Bis Sie sie hier wiedertrafen.»

«Bis ich sie hier wiedertraf. Hier, nimm noch einen Schluck, Anna zwei. Sie hatte sich nicht sehr verändert, vielleicht ein paar mehr Kurven ...» Schöne brach ab und starrte in sein leeres Glas.

«Was mich aber wirklich interessieren würde, Herr Schöne, ist, was Sie zur Mordzeit in dem Haus gemacht haben. Sie sind gesehen worden, von wem, spielt im Moment noch keine Rolle.»

Schöne goß sein Glas randvoll. «Ich habe Anna ermordet, was sonst.»

«Kann ich das als Geständnis verstehen?»

Schöne verschluckte sich beinahe vor Lachen. Er starrte Anna aus leuchtendblauen, rotunterlaufenen Augen an und stellte sein Glas vorsichtig ins Gras. «Nein, meine Liebe, so leicht wäre ich nicht zu einem Geständnis zu bewegen. Nein, ich habe sie nicht umgebracht, warum sollte ich. Und jetzt erzähl mir mal, wer mich gesehen hat. Es interessiert mich.»

Sie sagte es ihm, auch, daß Quesi nichts zur Polizei gesagt hatte.

«Aber dir hat er es gesagt. Und wenn ich es einfach abstreiten würde. Ein weißes gegen ein schwarzes Wort. Aber gut, warum nicht, ich habe nichts zu verbergen. Ich war da, und zwar ganz kurz nachdem der Mord passiert sein mußte. Als ich reinkam, lag Anna in einer Blutlache und sah gräßlich aus. Ich bin Arzt, ich habe gleich gesehen, daß sie tot war. Das Kind schrie, und ich geriet in Panik. Statt wie ein verantwortungsvoller Bürger die Polizei zu holen, habe ich Fersengeld gegeben, bin einfach abgehauen. Ich habe sie nicht umgebracht, zum Teufel. Wegen der Geschichte mit der Vergewaltigung? Mein Gott, das war ein Jungenstreich, und Anna wußte genau, daß sie an der ganzen Sache auch nicht ganz unschuldig war. Sie hat manchmal so eine Anspielung gemacht, ein Hieb hie und da. Aber mir konnte die gute Anna keine Schuldgefühle einflößen. Wegen so was bringt man doch keinen um. Und überlege mal, Bluthund. Ich bin Arzt. Anna war meine Patientin, ich hätte ihr leicht etwas unterjubeln können, und sie wäre sanft entschlafen – kein post mortem, keine Polizei. Ich hätte sie doch nicht so idiotisch hingemetzelt, selbst wenn ich ein Motiv gehabt hätte. Komm, Anna zwei, laß sein. Das Leben ist zu kurz für Trugschlüsse, und der Whisky ist auch fast alle. Laß uns lieber überlegen, ob wir aneinander Gefallen finden können. Oder hast du dich auf Witwer spezialisiert?»

Warum nur, dachte Anna, hat den keiner umgebracht. Sie überlegte, wie sie Schöne in die Geschichte einbauen konnte, ihn mit der alten Sache durch den Dreck zerren ... denn komischerweise glaubte sie ihm, obwohl er an einer Stelle was gesagt hatte, das sie stutzig gemacht hatte ... wohl wieder zuviel getrunken, um klar denken zu können. Anna, die lächerliche Detektivin. Anna, die Frau ohne Selbstdisziplin. Anna, die flotte Schreiberin. Anna, die Frau ohne Mann. Gestrandet in einem Garten in einem heißen Kaff in Afrika. Wahrscheinlich Grasflecken auf dem teuren Kleid ... Sie tat sich auf einmal sehr leid.

«Wie lange wollt ihr noch flirten?» Jochens Stimme klang anklagend.

«Wir flirten nicht, ich werde von deiner Leichenfledderin gegrillt, mein Lieber. Und jetzt laßt mich allein, ich gehe ohnehin gleich. Wo kein Whisky ist, kann ich nicht sein. Ah, Anna, bevor Sie gehen: Sie glauben mir doch?»

«Ich bin mir nicht sicher.» Anna stand auf und ertrug einen mörderischen Blick mit Gelassenheit. Schöne blickte zu ihr auf: «Nun, dann will ich dir noch ein paar andere Gedanken mit auf den Weg geben. Fangen wir bei dem Witwer an: Anna hat ihn oft bis aufs Blut gereizt, er hatte ein starkes Motiv. Dann gab es noch den Engländer Mark Soundso, dessen Frau vor Eifersucht beinahe ausgeflippt ist. Schließlich die liebe Familie Braun. Jeder hier weiß, daß Hans Braun schwer in Anna verknallt war und daß Ina deswegen gräßliche Szenen gemacht hat. Sie hängt ja mit wahrer Affenliebe an ihm. Und dann wird noch gemunkelt, daß ein gewisser Botschaftswagen des öfteren vor dem Hellmannschen Haus geparkt war. Es gibt nichts, was in dieser kleinen Welt verborgen bleibt.»

«Gebbels oder der Botschafter?» Anna hielt Jochen zurück, der so aussah, als ob er jeden Moment auf Schöne losgehen würde.

Der Mann im Gras zuckte die Achseln: «Weiß ich nicht, ist doch egal, die Liste ist endlos. Quesi, der Denunziant gehört übrigens auch dazu. Anna war keine Rassistin. Sie war übrigens auch keine Nymphomanin. Ehrlich gesagt, glaube ich, daß sie sich aus Sex herzlich wenig gemacht hat. Nein, das war nicht die Kraft, die sie trieb. Es war die Macht, die sie über Männer ausübte, indem sie sie auf Schwänze reduzierte. Du solltest dir mal ihre Bilder ansehen: nur Männer, ausnahmslos als jämmerliche, nackte Gestalten, mit Tierköpfen. Jochen, hast du ihr noch nicht Annas Bilder gezeigt?»

«Nein, habe ich nicht. Und wenn du jetzt noch ein Wort sagst, Bruder, hau ich dir eins in die Fresse. Anna ist tot. Laß sie in Ruhe.»

Sehr edel, dachte Anna, aber eben nicht durchführbar. Sie war gar nicht mehr betrunken. Sie mußte die Bilder sehen und zunächst Jochen davon abhalten, sich mit Schöne zu prügeln. «Komm, Jochen, laß uns reingehen.» Er folgte ihr, wenn auch widerwillig. Schöne blieb sitzen. Drinnen war die Musik sanfter geworden. Auf der Tanzfläche rieben sich Gestalten aneinander, verloren sich in Musik und Vorspielen. Sie waren fast die einzigen Weißen außer den Gastgebern. Biele war noch in der Küche und schenkte dort mit Todesverachtung Rotwein aus einer Zwei-Liter-Flasche aus. Er reichte Anna ein Glas. «Bei Brauns progressiven Parties geht immer der Alkohol, aber nie der Gesprächsstoff aus. Paßt mal auf, es wird noch eine politische Diskussion geben.» Die häßliche Blonde torkelte herein, Schöne im Schlepptau: «Eine himmlische Party ist das, man fühlt sich so dazugehörig, so wirklich in Afrika.»

«Und du, mein Liebchen, tanzt wie eine afrikanische Göttin.» Biele gab ihr ein Glas. Anna kicherte. Morgen, dachte sie, werde ich einen Kopf wie ein Nilpferd haben, der Wein wird mir den Rest geben. Aber was bedeutet heute schon morgen? Ich sollte auch nicht mit Jochen übernachten. Es geht auf den Abschied zu, und wir werden bestimmt sentimental. Morgen ... alle guten Vorsätze würde sie auf morgen verschieben. Sie würde ihren Flug buchen, die merkwürdige Geschichte auf Band diktieren. Mit Mmusi sprechen ... Aber die Bilder von Anna wollte und mußte sie noch sehen. Peter müßte eines fotografieren ...

«Gehen wir, Anna?» Jochen sah aus wie ein angeschlagener Bär.

«Ja, gleich, aber laß mich noch fünf Minuten auf die Terrasse gehen. Ich will nur mein Glas austrinken und noch einmal die Sterne sehen.»

Es paßte ihm nicht, aber er folgte brummelnd. Biele warf sein Glas gegen den Kühlschrank. «Nee, Leute, ich verdrück mich. Nicht mal einen Schwulen habe ich abgestaubt. Und die Braunschen Mitternachtsrevolutionsdiskurse kann ich nicht mehr ab. Genausowenig wie diesen Blindenwein.» Er küßte Anna auf die Wange. «Tschüs, ich geh noch mal in die Hotelbar, vielleicht findet sich was.» Schöne folgte ihm, mit der Blonden im Arm. Jochen folgte Annas Blick. «Bist du eifersüchtig, mein Schatz?»

«Nein, und du?»

Idiotisches Geplänkel. Sie dachten zugleich das gleiche und lachten sich an. Anna schaute zärtlich auf die Lachfalten um seine Augen. Sein häßliches Gesicht wurde sehr anziehend, wenn er lachte. Schade, dachte sie, daß es bald vorbei ist. Der Liebe würde zu wenig Zeit bleiben.

Sie blieben noch fast 20 Minuten. Anna, die den Wein trank, als ob es wirklich kein Morgen gäbe, sagte kein Wort in dieser Zeit. Sie saß da mit gekreuzten Beinen, den Kopf an Jochens breiter Schulter, und sog die Sternennacht in sich auf. Die Diskutierenden saßen ebenfalls auf dem Boden, nur noch ein kleines Grüppchen. Anna hatte das Gefühl, daß es eine Schau-Diskussion war, nur für Journalistenohren bestimmt. Der Typ mit der Rasta-Frisur führte das Wort. Er redete von der Allgegenwärtigkeit des südafrikanischen Geheimdienstes in Samyana. «Wir werden alle observiert. Die Schweine wissen genau, wann ein Flüchtling ankommt, wer ihm hilft, was er tut. Sie können zuschlagen, wann und wo sie wollen. Denkt an Stellas sogenannten Autounfall vor zwei Monaten. Fahrerflucht – die Bullenschweine haben sich verdammt wenig Mühe gemacht, den Mörder zu finden. Nur Beauty, den haben sie schnell gefunden, den werden sie auch schnell hängen, egal, ob er es war oder nicht. Wir leben doch auf einem Pulverfaß in dieser Bananenrepublik. Demokratisch, ha! Quobisa hat die Häuptlinge hinter sich, und die sagen den Leuten, was oder wen sie wählen sollen. Sind ja sowieso fast alles Analphabeten. Und die Politiker sind schlau genug, die Masse dumm zu halten – und immer ein bißchen hungrig. In so 'nem Stadium denkt doch keiner an Revolution. Hungrige Bäuche denken nur ans Sattwerden. In den Dörfern regieren die, die mehr Land haben, die Leute, die lesen und schreiben können, die Beamten, die von ihnen gemästet werden. Nee, wenn wir hier etwas erreichen wollen, müssen wir die Leute mobilisieren, ihnen das Ausmaß ihrer Ausbeutung klarmachen. Es sind die Politiker, die immer fetter und reicher werden. Es sind die Inder, die die Politiker immer mehr korrumpieren. Scheißdemokratie, in der wir leben. Und wir reden zuviel. Wir müssen was tun.»

Ein Mädchen aus der Gruppe widersprach: «Du weißt genau, was passiert, wenn wir zu laut werden. Die schieben uns ab oder pferchen uns in ein Flüchtlingslager. Mensch, der Präsident macht sich doch in die Hose vor den Südafrikanern. Was kümmert der sich um Exilanten. Und was geht uns Samyana an? Wir sind Südafrikaner. Wir müssen gegen das Regime in Südafrika kämpfen und das möglichst so, daß sie uns hier nicht an den Karren fahren. Nein, Pete, wir müssen vorsichtig operieren.»

«Ich pfeife auf dein empfindliches Gleichgewicht. Wenn wir hier schon Angst haben, welche Angst müssen die Genossen erst haben, die zu Hause sitzen, die dageblieben sind?»

«Ich finde, er hat recht. Ihr müßt auch hier Zeichen setzen für unseren Kampf.» Das kam von Hans Braun. Seine Dialektik war Anna nicht entgangen. Sie hörte dann nicht mehr zu, sondern überlegte, was Schöne ihr gesagt hatte, das so wichtig war. Es fällt mir wieder ein, überlegte sie, und schubste Jochen, der ihren Rükken streichelte und mit seinen Gedanken im Nirgendwo war. «Komm, mir reicht es jetzt auch. Laß uns gehen.»

Hans Braun begleitete sie zum Gartentor. «Ihr müßt verstehen, daß sie dir nicht ganz trauen, Anna. Sie sind alle in einer gefährlichen Situation. Dabei könnten sie dir tonnenweise Material geben.»

«Ist schon gut.» Anna kletterte in den Wagen. «Und vielen Dank auch. Ich habe die Party sehr genossen.»

«Was ich von mir nicht behaupten kann, geliebte Anna. Hoffentlich hast du wenigstens genug Material gesammelt. Was Braun dir erzählt, kannst du übrigens vergessen. Hans fühlt sich schon als tätiger Revolutionär, wenn er ihnen seinen Kopierer zur Verfügung stellt.»

Jochen bog in eine schmale Sandstraße ein, die sich den Strand entlang auf einen Hügel zuschlängelte. Er sah nicht, was Anna – im Vorbeirauschen – wie eine Süchtige in sich einsog: den schwarzvioletten Himmel und das im Mondlicht glitzernde Meer, so als ob Tausende von Diamanten auf dem Wasser tanzten. Das Rauschen war wie ein Beruhigungsmittel, sanft und beständig. Es war so schön, Anna war so glücklich, daß es fast weh tat. Wie lange, fragte sie sich, mußte man hier leben, um so viel Schönheit nicht mehr zu sehen. Wie lange, fragte sie sich, muß man in Bonn leben, um das Stadthaus nicht mehr zu sehen, unempfindlich zu werden gegen das Zubetonieren, gegen das Grau, das die Seele einfärbt. So, wie die grellen Farben Afrikas sie aufputschten, verwirrten. Sonst säße sie nicht neben einem verhinderten Rennfahrer, würde sich nicht überlegen, ob das Liebe war ...

Jochens Haus war, zumindest im Mondschein, das schönste, das sie in Basuto gesehen hatte. Nicht so groß wie die anderen, nicht so eckig und konform. Aus weißem Kalkstein gebaut, sah es aus, als ob runde Schalen im Mondlicht schwammen. Die Rundungen waren eingesäumt von Büschen und Palmen. Die vordere Mauer war von Efeu umwuchert. Es gab keinen Zaun – von der Straße führte eine schmale Treppe zu einer blumenübersäten Terrasse. Anna, die gern Märchen las, kam sich vor wie Dornröschen. Aus diesem Schlaf wollte sie auch nicht mehr erwachen.

Jochen nahm sie bei der Hand und führte sie durch eine Holztür, die nicht einmal abgesperrt war, in einen großen, runden Wohnraum. Er war spärlich möbliert, mit Steinboden und wirkte dennoch nicht kalt. An den Wänden hingen Teppiche und Bilder. Bücherregale, ein paar alte Stühle, Kissen und niedrige, geschnitzte Tische machten das Zimmer wohnlich. Das Licht kam aus afrikanischen Masken. Sie grinsten Anna an, und sie schauderte plötzlich. In diesem Zimmer war Anna ermordet worden.

«Ich hole uns einen Drink.» Jochen verschwand hinter einer Tür. Anna wanderte im Raum herum und betrachtete die Bilder. Es waren nicht die, von denen Schöne gesprochen hatte. Es waren Landschaftszeichnungen in Tusche und Wasserfarben. Sie gefielen ihr nicht, sie waren leblos. Anna hatte die Üppigkeit und Kargheit in ihren Landschaftsbildern nicht eingefangen. Sie war enttäuscht. «Sind das alle Bilder?»

«Nein», rief Jochen, der – unendlich weit weg – aus der Küche kam. «Die meisten Bilder hängen im Studio. Ich zeig dir das Haus gleich.»

Es war seltsam gebaut: Vom runden Wohnzimmer führte eine Steintreppe in einen zweiten Trakt, ebenso rund und nur von kopfhohen Mauern unterteilt: Bad, Schlafzimmer, Kinderzimmer, das Studio. Auch hier wenig Mobiliar, nur ein paar Matratzen und alte Schränke. Aber überall, sogar im Badezimmer, hingen Annas Bilder. Anna war neugierig und schlenderte durch die Maueröffnungen. Zum Meer hin gingen die Fenster bis zum Boden. Tagsüber, überlegte Anna, mußte der Ausblick atemberaubend sein.

Annas Atelier: ein Chaos, an dem Jochen offenbar nichts verändert hatte. Und dann sah sie die Bilder, von denen Schöne gesprochen hatte. Es waren häßliche, grausame, seltsam faszinierende Tuschzeichnungen. Sie zeigten Männer in grotesker Verfremdung, mit Tier- oder Faunsköpfen. Männer in Häusern, auf der Straße, im Bett, auf Parties. Sie waren alle nackt, die Körper realistisch, ja akribisch gezeichnet. Die Köpfe wirkten abstoßend. Anna fragte sich, ob ihre Gänsehaut Ekel oder Bewunderung war – wohl beides gleichzeitig.

Anna verstand nichts von Kunst, sie wußte nicht, ob die Zeichnungen der toten Anna gut oder schlecht waren. Sie wußte nur, daß sie sich keine ins Zimmer hängen würde, aber auch, daß sie sich immer an diese Bilder erinnern würde. Sie meinte, Jochen zu erkennen und den Körper von Hans Braun: die schmalen Schultern, den kleinen Schmerbauch und die dünnen Beine. Ein kleiner Schwanz. Wie grausam die Bilder waren. Anna mußte einen von Sadismus geprägten Sinn für Humor gehabt haben. Ob sie den Leuten ihre Zeichnungen gezeigt hatte? Jochen war mit Bärenkopf dargestellt, ein dummer, alter Bär mit trüben Augen. Der Bär tanzte nach der Pfeife eines kleinen Mädchens. Anna verstand die Symbolik und fragte sich, ob er sie nicht doch umgebracht hatte. Jochen stand schweigend hinter ihr. Nein, dann hätte er ihr die Bilder nicht gezeigt. Er mußte ein starkes Selbstbewußtsein haben, um dieses Abbild ertragen zu können. Sie hätte es an seiner Stelle längst vernichtet.

«Gut, diese Zeichnungen, nicht wahr. Hier, trink noch einen Whisky, er klärt den Blick. Vielleicht fängst du jetzt an, Anna zu begreifen.»

Sie blieb vor dem größten Bild stehen, das eine Gartenparty wiedergab. Die Menschen im Hintergrund waren bekleidet, aber verschwommen dargestellt. Nur der Mann vorne war nackt: eine schmächtige Figur mit eregiertem Penis. Es war kein junger Körper, und die Malerin hatte die schlaffe Haut mit Häme nachgezeichnet. Der Mann hatte einen Hasenkopf. Der Hase erinnerte Anna an jemanden. Wer war das bloß?

Jochen legte den Arm um ihre Schulter. «Es sind gräßliche Bilder, so gut sie auch sind. Ich sollte sie verbrennen, es wäre besser für alle.»

«Wer ist der Mann auf diesem Bild. Ich kenne den Hasen von irgendwoher, ich komm bloß nicht darauf.»

Er drückte ihren Arm: «Ach, hast du schon herausbekommen, daß sie Modelle für ihre Werke hatte. Ja, sie hatte einen merkwürdigen Sinn für Humor. Sie verewigte ihre Liebhaber auf diese Weise. Sie rächte sich an ihnen, indem sie sie lächerlich machte. Das Bild da drüben, der Bär, der täppisch tanzt, das bin ich. Ein Bär ohne Zähne und Krallen, ein kraftloses Stück Fleisch, so hat sie mich gesehen, und so hat sie mich dargestellt. Der da mit dem Faunsgesicht ist Rainer Schöne. Links daneben, die Ratte, ist Hans Braun, und sogar Klaus ist dabei. Siehst du den mit dem Hyänenkopf und dem winzigen Schwanz. Oh, ihre Schwänze hat sie mit liebevollem Detail gemalt, ihre Körper mit allen Fehlern, die sie sah. Die anderen wirst du nicht kennen, oder doch, der mit dem schönen Körper und dem Stierkopf, das ist Quesi. Ja, und jetzt rate einmal, wer der alte Hase ist? ... Nein ... Also ich könnte schwören, es ist der Botschafter. Übrigens das letzte Bild, das sie gemalt hat.»

Der Botschafter, natürlich. Anna wunderte sich, warum ihr das nicht gleich eingefallen war. Er war nicht zu verkennen, obwohl sie ihn ja nicht nackt gesehen hatte. Ein phantastisches Bild. Ob Halfft es gesehen hatte?

«Komm, laß uns endlich ins Bett gehen, es ist zwei Uhr, und die Nacht ist noch nicht zu Ende. Meine Gattin hatte wenigstens den Anstand, diese Werke nicht im Wohnzimmer aufzuhängen. Übrigens hat sie einige von den Dingern verkauft.»

Anna war so hellwach wie eine Liebende und so konzentriert wie ein Romandetektiv. Die Bilder schienen ihr auf einmal wichtig, diese Bilder waren Dynamit. «Was heißt, verkauft? Verkauft an wen?»

Jochen führte sie aus dem Studio ins Wohnzimmer und drückte sie auf die Couch, bevor er ihr noch ein Glas brachte. Er war ärgerlich. Er wollte mit ihr schlafen. Und das verdammte Weib recherchierte noch immer. Und soff wie eine Keuschlerkuh. Aber es war wohl besser zu antworten. Sie würde ja doch nicht lockerlassen. «Ich sage es dir, aber ich möchte nicht, daß du es schreibst. Obwohl, eigentlich ist es mir auch schon egal. Anna hat Phantasiepreise für diese Bilder verlangt, obwohl wir das Geld bestimmt nicht nötig hatten. Es muß also ziemlich viel auf ihrem Konto sein, ich habe mich überhaupt noch nicht darum gekümmert. Ja, also, die Männer, die sich nicht in ihrer Menagerie verewigt sehen wollten, die haben gekauft und bezahlt. Es war, wenn du so willst, eine Art eleganter Erpressung. Natürlich dachte Anna von sich, daß sie eine große Künstlerin war, aber sie wußte genau, daß die Bilder so viel nicht wert waren. Ein Engländer hat ihr 25 000 Mark dafür bezahlt, kannst du dir das vorstellen? Und stell dir gleich auch noch vor, wie prickelnd Annas Parties waren. Ihre Freunde wußten von dem Atelier; wenn sie in Stimmung war, hat sie die Bilder hergezeigt. Manche fanden es ungeheuer komisch, Biele zum Beispiel oder Rainer Schöne. Aber manche Ehefrauen fanden überhaupt nichts Witziges daran. Ich selbst fand es grausam, deshalb war ich fast bei keiner ihrer Parties dabei.»

Anna war fasziniert und auf einmal unendlich müde. Das letzte Glas hatte ihr den Rest gegeben. Wie schön, daß ein Mann da war, daß sie nicht alleine ins Bett mußte, die Lichter ausmachen, von Streicheleinheiten träumen ...

Er trug sie ins Schlafzimmer, und sie schnaufte wohlig. Erstaunt war sie schon, daß er dieses Gewicht schleppen konnte. Das mußte Liebe sein. Er legte sie sanft auf die Riesenmatratze und öffnete die Schiebetür. Hinter dem mit Fliegendraht bespannten Holzgitter war das Meer zu sehen, das Diamantenspiel auf den Wellen. Ein perfekter Hintergrund für eine Liebesszene. Anna zog sich im Liegen aus und zündete sich eine Zigarette an: «Die letzte, Ehrenwort.» Seine Pranken streichelten ihren Rücken. Sein Bart kitzelte ihren Nacken. «Sag mir eines noch, Jochen. Wußte der Botschafter von dem Bild?»

Sein Gesicht wurde böse. «Das Schlimme an dir ist, daß ich nie weiß, wo du anfängst, echt zu sein, und wo das Benützen aufhört. Wer weiß, vielleicht ist nichts an dir echt außer deinem schönen Körper ...»

Das Meeresrauschen bekam einen penetranten Ton. «Ach, komm, Neugierde ist noch eine meiner besten Eigenschaften. Ich kann nicht hemmungslos in deine Arme sinken und vergessen, warum ich hier bin. Ich steck zu tief in dem Fall drin, mir fallen immer neue Fragen ein.» Sie streichelte seinen Bart und lächelte hingebungsvoll und, wie sie hoffte, ohne Arg und List.

«Verdammt, ich weiß es nicht, ich habe mit Anna in den letzten Wochen kaum gesprochen. Aber wenn Halfft es nicht von ihr wußte, hätte er es von anderen erfahren. Der Klatsch blüht hier schneller als Unkraut. Anna hätte sich diesen Triumph nicht entgehen lassen. Vielleicht sollte ich ihm das Bild zum Abschied schenken, als Erinnerung an sie. Was meinst du?»

«Du solltest es lieber mir schenken. Was meinst du dazu?»

Er murmelte etwas in ihre Armbeuge, das so klang wie «hältst du mich auch für einen zahnlosen Bären ...» Sie flüsterte ihm ins Ohr, wofür sie ihn hielt. Jochen rollte zur Seite und schaffte es mit einiger Mühe – er ist wirklich ungeschickt, dachte sie –, sich auszuziehen. Anna, wie es sich für eine emanzipierte Frau gehört, half ihm dabei.

Die Matratze war ein weicher, großer Untergrund für eine sehr weiche, sehr zärtliche Sache. Die Matratze quietschte ein bißchen. Vom starken Gebrauch, dachte sie ketzerisch, und dann dachte sie für eine Weile nichts mehr. Die Matratze stöhnte und ächzte mit ihr, und draußen zirpten Grillen. Moskitos bearbeiteten Annas Füße – Jochen den Rest. Die Wellen schlugen gegen den Strand. Anna lief der Schweiß über die Brüste, und sie stöhnte. Zum Teil, weil ihr danach zumute war, zum Teil, weil sie glaubte, daß es von ihr erwartet wurde. Ihrer beider Schweiß vermischte sich, und die Matratze gab einen letzten, klagenden Ton von sich.

Das Schönste, dachte Anna, sind die fünf Minuten danach. So viel Liebe und Zuneigung und Zärtlichkeit und Geborgensein. Keine Hirnfunktionen. Sie haßte Männer – und Frauen –, die nach den letzten Zuckungen aufsprangen und ins Badezimmer wetzten.

Leute, die gleich nach der Liebe an Hygiene dachten. Die sofort wieder zu denken und handeln anfingen. Jochen zündete zwei Zigaretten an. «War das unsere letzte Nacht, Anna?»

Er verpatzt alles, dachte sie. Schon ist das schöne Gefühl weg, und das Drama beginnt. «Kannst du nicht für den Augenblick leben, im Augenblick?»

Er wälzte sich auf den Bauch, stützte sich auf die Ellenbogen und starrte sie an. «Ich will dich nicht verlieren, das ist alles. Und ich will mehr von dir wissen. Ich will wissen, was du denkst, fühlst, magst, nicht magst ... Ich will nicht, daß du weggehst, bevor wir einander wirklich kennen.»

Gib ihnen den Unterleib, und sie erheben Anspruch auf die Seele. Anna streichelte seinen breiten, mit Sommersprossen besprenkelten Rücken. «Schau, du verpatzt alles. Liebe ist etwas so Aufregendes. Du springst in ein Meer, verstehst du. Du bist mein Meer, und ich schwimme darin, und jeder Tropfen ist kostbar, und ich möchte nie ans Ufer kommen. Wenn du jemanden kennst, ich meine, wirklich so gut kennst, alles von ihm weißt, dann ist dir dieser Mensch nicht mehr interessant. So, als ob du ins Meer springst und plötzlich merkst, daß es nur ein Teich ist. Du bist am Ufer. Alles wird langweilig. Ich möchte bei meinen Männern nie ans Ufer kommen, glaube ich. Vielleicht habe ich deshalb noch keinen Mann. Ich schwimm zuviel, und, uups, ich sauf wohl auch zuviel. Und ich arbeite zuviel.»

Anna mit ihren schweren Brüsten und schweren Gedanken. Jochen war so voller Liebe in diesem Augenblick, daß er sich zum Wegfliegen leicht fühlte. «Anna, Geliebte, keine Philosophie, sondern Fakten. Lebst du alleine in Bonn?»

Postkoitale Interrogation. Es wäre besser, zu lügen, dachte sie, aber das war keine Nacht für Lügen. «Ja, zur Zeit lebe ich allein, seit einem Jahr genau. Mein letzter Geliebter, oder wie immer du es nennen willst, war verheiratet. Er lebte also nur sporadisch bei mir. Anfangs fand ich das interessant, daß er mir immer nur ein Stück von sich gab, ich ihn nie ganz hatte. Er hat mich nie etwas gefragt. Er fragte mich nie, was ich tat, wenn er nicht da war. Zunächst war das toll, ich hatte einen Liebhaber und doch nicht. Aber dann, nach einem Jahr, fing es an, mir auf die Nerven zu gehen. Ich wollte mehr, zuviel – verstehst du. Ich habe angefangen, ihn auszufragen, eifersüchtig auf seine Frau zu werden – und das war schon der Anfang vom Ende. Irgendwann habe ich dann eine große Szene gemacht und ihn rausgeschmissen. Seither bin ich allein – mehr oder weniger. Der wichtigste Mann in meinem Leben ist Grübchen.»

«Wer ist Grübchen?»

«Unser Chefredakteur. Ein kleiner, mächtiger Mann.»

«Lebst du gerne allein?»

Anna genoß es, gefragt zu werden, und fand sich faszinierend ehrlich. «Im Prinzip schon, aber es gibt Augenblicke, da bin ich schrecklich einsam. Ich möchte mal wissen, warum wir Frauen immer einen Mann brauchen, um wirklich glücklich zu sein. Wir wissen doch, wohin es führt. Lauter kleine Teiche, und man meint, im Meer zu schwimmen.»

«Und was bin ich? Auch ein Teich? Oder vielleicht ein Flüßchen, das vielleicht irgendwohin führt?»

Vorsicht, Anna. «Ach, Jochen, woher soll ich das wissen. Ich bin doch gerade erst reingesprungen. Woher soll ich wissen, wohin das führt. Ich bin nicht hergekommen, um eine Affäre zu haben. Ich muß eine Geschichte schreiben, und zwar eine gute. Du warst nicht eingeplant, und – gib mir mal das Glas, da ist noch was drin – du mußt zugeben, daß wir ganz schön verrückt sind. Ich meine, die Leute hier werden sich das Maul zerreißen. Ich fliege morgen oder übermorgen ab, aber du mußt ja erst einmal hierbleiben. 10000 Kilometer sind eine ganz schöne Distanz, weißt du.»

Er rappelte sich hoch und holte eine Whiskyflasche, Soda und Eiswürfel. «Wir schlafen ja doch nicht. Hör mal, geographische Distanz läßt sich überbrücken. Wenn das hier ein Roman wäre, würde ich dir jetzt einen Heiratsantrag machen, und du würdest glückstrahlend in meine Arme sinken ... Nein, sag jetzt nichts. Ich weiß, daß Romane nicht so beginnen und die Wirklichkeit nicht so endet. Aber ich bin eben ein hoffnungsloser Romantiker auf der Suche nach der blauen Blume. Blau bist du ja schon. Anna, hör auf zu lachen, ich meine es ernst. Ich frage mich bloß, ob du auch Blume sein willst? Und es ist ja möglich, daß sie mich nach dieser Sache strafversetzen, ans Ende der Welt. Dahin würdest du sicher nicht wollen.»

«Ich dachte mir, Samyana sei das Ende der Welt.»

«Oh, nein, es gibt viel schlimmere Länder als Samyana. Länder mit unerträglichem Klima, mit Bürgerkrieg, Länder, in denen du nichts kaufen kannst, Länder, in denen Weiße wirklich verrotten und verschimmeln. In Expertenkreisen nennen wir sie ‹sibirische Länder›. Samyana ist doch fast ein Paradies ...»

«Gib deiner blauen Blume noch einen Schluck, aber viel Soda. Hör mal, das Paradies ist aber voller Schlangen. Ihr lebt doch in Elfenbeintürmen und baut euch Luftschlösser. Samyana ist arm, korrupt, hoffnungslos unterentwickelt. Kommst du aus der Hauptstadt raus, bist du im Niemandsland. So viel Geld kann man in dieses Land gar nicht reinstecken, mal abgesehen davon, daß viel davon in die falschen Kanäle sickert.»

Jochen kratzte sich den Bart. Er war müde, aber er konnte noch stundenlang daliegen, sie anschauen, mit ihr reden, trinken, sie streicheln ... «Mag sein, vielleicht ist es ein falsches Paradies. Aber ich stelle mir mal vor, wieder in Deutschland zu leben. Kein Haus am Strand, keine Sonne, keine Freiheit von den vielen kleinen Zwängen dieses Alltags. Ich würde wahrscheinlich jeden Morgen in den Vorstadtzug steigen, mit einem Aktenkoffer in der Hand, von der Krawatte zugeschnürt, den Tag absitzen und dann wieder zurück in ein Haus, das zuviel kostet, abends ein Bier in der Kneipe oder Fernsehen ... Nein, Anna, das kann ich mir nicht vorstellen. Das würde ich nicht einmal dir zuliebe bringen. Glaube ich wenigstens. Und vielleicht tue ich ja doch ein bißchen Gutes hier, außer gut leben.»

«Du entwickelst das Land zu dem, was du eben als Alptraum geschildert hast?»

Jochen grinste. «Eins zu null. Aber keine Angst. Am deutschen Wesen wird Samyana nicht genesen. Die Leute hier sind viel zu träge, um sich ihr Leben durch Pünktlichkeit, Zuverlässigkeit, Effizienz zu vermasseln. Arbeit hat hier eine andere Dimension. So lange es die Sonne gibt, das Meer, Bananen und Chimbuku, das Bier – so lange wird sich in Samyana nichts Wesentliches ändern. Straßen, ein neuer Flughafen, Fabriken – man kann die Leute nicht entwickeln, das müßten sie schon selber wollen. Und da sehe ich schwarz.»

Anna setzte sich auf. «Hör mal, die Untersuchungen sind abgeschlossen. Hans Braun hat mir gesagt, daß sie angeblich Anklage gegen Beauty erhoben haben. Ich wette, sie hängen ihn.»

Jochen war immer noch in Bauchstellung. Jetzt fing sie schon wieder an, es war nicht auszuhalten. «Na, Gottlob, dann hat dieser Spuk wenigstens ein Ende.»

Sie war empört. «Sag mal, ist es dir im Ernst gleichgültig, wer deine Frau umgebracht hat? Ich glaube nicht, daß Beauty es war. Ich glaube, daß sie ihn zum Sündenbock machen. Und das werde ich auch schreiben, darauf kannst du dich verlassen.»

«Du kannst schreiben, was du willst, Anna. Nur hör auf, mich mit dem Mord zu quälen. Natürlich ist es mir nicht gleichgültig. Ich weiß wirklich nicht, ob Beauty es war. Ich kann es mir nicht vorstellen, aber man kann in einen Menschen nicht reinschauen. Jeder trägt einen Mörder mit sich herum. Ich könnte dich jetzt umbringen, weil du schon wieder damit anfängst.»

Der Mord begann mit zärtlichem Streicheln. Er konnte wunderbar streicheln. «Weißt du eigentlich, daß der Schöne hier im Haus war. Kurz nach dem Mord, sagt er. Quesi hat ihn gesehen, und er hat es mir erzählt.»

«Weiß ich, mein Schatz, weil er es mir selbst erzählt hat.»

«Und warum hast du mir nichts davon erzählt? Vielleicht lügt Schöne, vielleicht hat er Anna umgebracht.»

Die Pranken drückten etwas fester zu, und sie quietschte, weil es weh tat. «Ich kann mir Rainer, verdammt noch mal, nicht als Messerstecher vorstellen. Er hätte sie doch leicht mit irgendwelchen Pillen umbringen können. Sie rannte ja dauernd zu ihm mit ihren diversen Wehwehchen.»

«Bring mich nicht um. Na, vielleicht war es Mord im Affekt, wie das so schön heißt. Vielleicht ist er einfach ausgeflippt. Ich mag ihn nicht, gebe ich zu. Ich halte ihn für gefährlich. Und ein Motiv hatte er auch. Schließlich hat er sie mal vergewaltigt, das Schwein.»

Er zog seine Hand weg, weil er wirklich daran war, die Beherrschung zu verlieren. Den runden Hintern zu verprügeln, wäre ihm ein Genuß. «Kannst du nicht aufhören, Detektiv zu spielen. Quäle mich nicht, Anna. Du quälst mich.»

Anna verabscheute Frauen mit schrillen, hysterischen Stimmen. Sie merkte, daß ihre Stimme schrill wurde: «Ist dir denn alles egal, außer Sex und Saufen?» Sie wußte, daß sie ihn verletzte, sie sah sich dabei zu und konnte nicht aufhören. Jochen rollte zur Seite, weit weg von ihr. «Laß mich jetzt in Ruhe, laß mich schlafen. Ich habe Angst, Anna. Auch vor dir ...»

Typisch Mann. Wenn man mit ihnen reden wollte, schliefen sie. Blaue Blume ... Er ist sentimental und wehleidig, dachte sie. Sie fühlte sich tonnenschwer und federleicht und so müde, daß sie meinte, nie einschlafen zu können. Sie lag da und schaute auf den Schnarchenden und addierte Minuspunkte. Aber es war schön, neben einem Mann zu liegen. Anna, mach dir nichts vor. Anna, denk an die Geschichte, an den Mord. Rainer Schöne hatte etwas Wichtiges gesagt, aber da sie wie immer zuviel getrunken hatte, fiel es ihr nicht mehr ein. Wenn sie wieder zurück in Bonn war, würde sie mit dem Trinken aufhören, mit dem Essen auch. Um das Maß des Leidens vollzumachen, auch mit den Männern. In sich ruhen, arbeiten, viel lesen, spazierengehen ... Bei diesen hehren, langweiligen Vorsätzen schlief sie endlich ein.

XVI

Langsam begann sie, sich an den Kater zu gewöhnen. Und an die Kopfschmerzen. Und an die Müdigkeit. Mit der einen Hand tastete sie nach ihrer Handtasche, mit der anderen nach dem Menschen neben ihr. Er schlief noch, zusammengerollt wie ein Baby, den Sommersprossenrücken ihr zugewandt. Die Sonne spielte mit den braunen Punkten. Anna war von Moskitos zerstochen, weil keiner daran gedacht hatte, die Tür zuzumachen. Sie fand die Handtasche, aber keine Tabletten. Sie zündete sich eine Zigarette an. Den faulen Geschmack im Mund mit Nikotin veredeln ... Noch fünf Minuten ... diese wunderbaren fünf Minuten, die sie sich immer gab, bevor der Tag begann. Ein Scheißtag sowieso: Sie mußte noch zu Mmusi, zum Botschafter, sie mußte Peter finden und sich um ihren Flug kümmern. Alles in allem kein Tag zum Aufstehen.

Sie schwitzte und fragte sich, warum Jochen keine Klimaanlage im Schlafzimmer hatte. Tabletten ... sie versuchte sich zu erinnern, warum sie sich an etwas erinnern sollte, das am letzten Abend zweimal erwähnt wurde. Tabletten ... sie hatte sie im Hotelzimmer vergessen. Tabletten: Ja, das war's. Sie setzte sich mit einem Ruck auf, war hellwach und rüttelte an den Sommersprossen: «Jochen, wach auf, ich muß dir etwas Wichtiges sagen, Jochen, verflixt noch einmal, wach endlich auf ...»

Eine feine Art, geweckt zu werden. Er brummte und tastete nach ihrer Brust. «Was willst du mir sagen. Daß du mich heiraten willst. Ist gut, ich bin einverstanden.»

Anna hielt seine Krabbelhände fest. «Laß mal die Liebe. Hör zu, mir ist etwas Wichtiges eingefallen. Tabletten, du hast es gestern Nacht gesagt. Und Schöne hat es fast mit den gleichen Worten zu mir auf der Party gesagt. Daß es ihm ein leichtes wäre, jemandem Tabletten unterzujubeln, ihn damit umzubringen. Und jetzt kommt es. Erinnerst du dich an diesen Todesfall, diese Prostituierte, die an Arsen-Tabletten starb? Ich habe es in der Zeitung gelesen, und auch auf der Party haben sie darüber gesprochen. Wie sie heißt, weiß ich nicht mehr, aber jedenfalls hat sie zu viele Tabletten geschluckt. Sehr unwahrscheinlich, daß eine achtzehnjährige Prostituierte sich selbst umbringt. Und sie ist viel mit Weißen ausgegangen, hieß es. Ich frage dich, wie ist sie an diese Tabletten rangekommen. Die kriegt man doch nicht so einfach. Jochen, hör auf zu grabschen, sonst werde ich böse. Überleg mal, wie kam sie an diese Tabletten?»

Jochen stöhnte. Dieses verdammte Weib. «Na, durch einen Arzt, eine Krankenschwester, einen Apotheker zum Beispiel.»

«Und Rainer Schöne ist Arzt.» Annas Stimme klang triumphierend.

Er langte über ihren Bauch, den sie blitzschnell einzog, nach den Zigaretten. «Einer von insgesamt 30 Ärzten im Land, 3 Apothekern und etwa 200 Krankenschwestern. Was hast du bloß mit dem Schöne. Und was hat das alles mit Anna zu tun, wenn ich fragen darf?»

«Na, ist doch klar. Vielleicht war dieses Mädchen die Geliebte von Schöne, und sie hat gewußt, daß er Anna ermordet hat. Und dann hat sie ihn erpreßt, und er hat ihr diese Tabletten gegeben und ihr irgendwas erzählt. Die schlucken hier ja alles, sie glauben an die Zauberkraft der Pillen. Das weißt du doch auch.»

«Der perfekte Doppelmord.» Jochen schüttelte die Decke ab und betrachtete kummervoll die Moskitostiche. Er streichelte Annas Wange. «Liebchen, du liest zu viele Kriminalromane. Du magst eine gute Journalistin sein, aber eine Neroine Wolfe bist du nicht. Komm, vergiß es. Das einzige, das du konkret weißt, ist, daß er nach dem Mord hier war. Das hat er dir gesagt und mir gesagt, und daß er es der Polizei nicht gesagt hat, kannst du ihm nicht verübeln. Wer bringt sich schon gern selbst ins Zwielicht. Alles andere sind Hirngespinste. Er mag ein komischer Mensch sein, aber das macht ihn nicht zum Mörder. Und deine Theorie ist hirnrissig. So, Schluß jetzt, laß uns in die Matratze sinken und in Lust untergehen. Du schwimmst doch so gern ...»

«Einverstanden, aber vorher mußt du mir was zu trinken und Kopfschmerztabletten holen.»

«Nichts auf der Welt ist umsonst.» Jochen rappelte sich hoch. Sie hörte ihn über die knarrende Treppe trampeln. Er kam mit einer Wasserkaraffe zurück und drückte ihr weiße Pillen in die Hand. «Die sind übrigens auch von Schöne, also sei vorsichtig.»

Blödmann. Sie spülte die Pillen runter, sie schmeckten bitter. Eine Sekunde der Panik: *Das dritte Opfer des wahnsinnigen Buscharztes – Wir beklagen den Tod einer geschätzten Kollegin – Sie hatte den Mörder fast zur Strecke gebracht*. Nein, Quatsch, nicht mal die Schlagzeilen waren gut. Vielleicht hatte Jochen doch recht, und sie verrannte sich da in was. Und überhaupt, das war nicht ihr Bier, dafür gab es schließlich Polizei ... Polizei. «Du, ich muß unbedingt Mmusi anrufen.»

Wenn er der Meinung war, daß sie morgens von unsinnlicher Hektik war, ließ er es sich nicht anmerken. Er langte schweigend nach dem Telefon, das unter Kissen versteckt war. Während Anna wählte, streichelte er ihren Rücken.

Mmusis Stimme klang munter und ausgeruht. Anna war heiser. Ja, in einer Stunde würde sie dasein. Der Fotograf sei mit Mmusis Erlaubnis noch einmal zum Gefängnis rausgefahren. Er wollte die Hinrichtungsstätte fotografieren. Viel, sagte Mmusi, mit spöttischem Kichern, sei da allerdings nicht zu sehen. Der Galgen würde erst einen Tag vor der Hinrichtung aufgestellt. Aber danach habe ihn niemand gefragt. Ja, es sei wirklich wahr. Gegen Beauty sei offiziell Anklage wegen Mordes erhoben worden. Aber das könne man ja unter vier Augen ... Anna legte auf. Sie wollte es immer noch nicht glauben.

«So, jetzt schalte mal noch eine Stunde ab, Liebchen. Ich fahre dich hin, bei meinem Tempo sind es höchstens fünf Minuten in die Stadt. So, und jetzt komm ...»

Die Liebe war eine verschwitzte Angelegenheit, und Anna war dankbar, als er von ihr wegrollte. Sie konnte Beauty nicht verdrängen. Sie ließ sich von Jochen fast willenlos an die Hand nehmen. Er führte sie aus dem Haus und an den Strand, über die weißen Kieselsteine in den noch kühlen Sand und in das lauwarme, schäumende Wasser. «Das», rief er im Laufen, «wird deinen Kater vertreiben.»

Anna lief in das Meer hinein. Ließ seine Hand los. Verdrängte den Tag und genoß den Moment. «Vorsicht, hier gibt es Seeigel», schrie Jochen hinter ihr. Im gleichen Moment spürte sie ein schmerzhaftes Stechen im linken Fuß. Der Schmerz war intensiv, der Schrei sehr laut. Jochen hob sie aus dem Wasser, und sie streckte ihm vorwurfsvoll einen gespickten Fuß entgegen. «Hättest du das nicht eine Sekunde früher sagen können. Das mit den Seeigeln. Es tut weh, weißt du.»

Kein Paradies ohne Seeigel. Er trug sie aus dem Wasser und setzte sie am Strand ab. Untersuchte ihren Fuß und zog ein paar lange Stacheln behutsam heraus. Anna, die unendlich wehleidig war, stöhnte.

«Ist doch nicht so schlimm, mein kleines Stachelschwein, die meisten habe ich schon rausgeholt. Ein paar sind abgebrochen, an die komme ich nicht ran. Jetzt sei ein braves Mädchen und streck deinen Fuß ins Wasser, ja, so, und warte, bis der Schmerz nachläßt.»

Er ließ tatsächlich nach. Anna, die Kanaille, hielt den Zeitpunkt für günstig, sich etwas zu wünschen: «Würdest du mir das Bild mit dem Botschafter geben, wenn ich dir den Seeigel verzeihe?»

«Warum gerade dieses Bild?» Er rückte ein Stück weg.

«Vielleicht, weil es ihr letztes ist. Ich würde es gern in die Geschichte einbauen. Weiß ja keiner, wen es darstellt, nicht wahr. Von den Erpressungen schreibe ich nichts, das schwöre ich dir.» Dabei hätte Anna nur zu gerne Halffts Akt in der Bildzeile erwähnt. Immer schnell bereit, sich eine Meinung zu bilden, meinte sie, ihn nicht zu mögen. Sie stufte ihn als verklemmten Widerling ein, der einer mediokren Karriere mit Trippelschritten nachlief. «Also, kriege ich das Bild – und Fotos von deiner Frau?»

Jochen seufzte. «Von mir aus, wenn es dich glücklich macht. Ich tue alles, was dich glücklich macht. Na, fast alles ...»

Anna hüpfte, auf seinen Arm gelehnt, zurück ins Haus und wie ein fetter Storch ins Badezimmer. Ringe unter den Augen ... Sie wurde alt, Nächte wie diese hätte sie vor ein paar Jahren noch mit Leichtigkeit weggesteckt. Nun hinterließen sie deutliche Spuren. Sie flocht sich die zerzausten Haare zu einem Zopf.

Der Einstieg ins Auto war schmerzhaft, und Anna verfluchte ihr Mißgeschick und Jochens blöde Idee mit dem Morgenbad im Meer. Das sah auf einmal nicht mehr verlockend aus, sondern tückisch.

Die Morgensonne war erbarmungslos hell und spiegelte die Kontraste dieser Stadt wider: Windschiefe Hütten aus Sperrmüll, erbarmungsvoll zusammengehalten von Drähten, kleine Lehmhütten, die ihre Würde zu bewahren suchten, und dann die Prachtvillen entlang der Promenade. Es waren wenig Autos zu sehen und wenig Menschen, bis sie zum Stadtkern kamen. So, als hätten alle beschlossen, sich in einer Straße zu drängeln, bot die Fifth Avenue das übliche Chaos: Autoschlangen und Menschenmassen, röhrende Motoren und Geschrei. Die Fahrradfahrer schlängelten sich durch den Verkehr wie Kamikazepiloten. Kleine Jungs rannten zickzack und pochten gegen Autofenster, um Bananen zu verkaufen. Taschendiebe rüsteten sich ebenso für den Tag wie die Geschäftsleute und die Mammies, die auf den Gehwegen ihre Güter ausbreiteten. In Basuto hatte der Tag in seiner üblichen Lautstärke und Brutalität begonnen.

Nur zehn Minuten zu spät hielt Jochen vor dem Polizeigebäude. «Schaffst du es, allein auszusteigen? Ich kann hier nicht parken.»

«Klar doch, fahr weiter. Ich rufe dich vom Hotel aus an.» Anna hüpfte aus dem Auto und humpelte durch die Tür. Das Treppensteigen vertiefte ihren Haß auf Seeigel. Der Polizist an der Tür schaute ihr kopfschüttelnd nach.

«Seeigel?» Mmusi betrachtete interessiert ihre Hüpferei zum Stuhl. Sein Büro war wie immer stickig und unordentlich und stank nach seinen furchtbaren Zigarren. Anna fragte sich, warum er so vergnügt aussah. Doch wohl nicht, weil sie auf einen Seeigel gestiegen war? «Wie haben Sie das nur erraten?»

«Das tut mir aber leid, Frau Marx. Sie hätten nicht an einem wilden Strand baden sollen, da wimmelt es von Seeigeln. Möchten Sie Kaffee?» Er wartete ihre Antwort nicht ab, sondern schrie etwas aus der Tür. Anna zündete sich eine Zigarette an und merkte, daß ihre Hände zitterten. «Sie sehen so vergnügt aus, Chief. Hat das einen bestimmten Grund?»

Mmusi dachte kurz an den Sieg der Zustände über die Umstände und daran, daß der Artikel dieser Frau weit, weit weg erscheinen würde. In einer anderen Welt ... Warum sollte er sich nicht eine gewisse Offenheit leisten?

«Vergnügt kann man nicht sagen, Frau Marx. Ich bin erleichtert, zufrieden, weil ich den Fall abgeschlossen habe. Der Druck von oben war stark, wie Sie sich wohl vorstellen können. Nun, es reicht für die Anklage, jetzt hat der Staatsanwalt das Wort. Und der Verteidiger.»

Anna schaute ihn skeptisch an. «Wie kommt es, daß so plötzlich die Indizien für eine Mordanklage reichen. Ich dachte, er habe ein Alibi?»

«Hat er eben nicht mehr.» Mmusi lehnte sich in seinem wackeligen Stuhl zurück und wippte vergnügt mit den Beinen. Sein breites Gesicht spiegelte Triumph wider. «Sein Alibi ist geplatzt, seine Freunde haben einen Rückzieher gemacht.» War nicht schwer, dachte er, man hatte sie nur ein wenig unter Druck gesetzt, mit Ausweisung gedroht – die Jungs waren sehr leicht zu knacken, große Töne, aber kein Rückgrat.

Warum weiterbohren? Sie hatte einen Mord und einen Mörder. Aber dennoch, alles war auf einmal so glatt, so einfach. «Und das reicht für eine Anklage? Was ist mit dem Motiv? Oder hat Beauty vielleicht auch schon gestanden?»

Mmusi hatte während seines England-Aufenthalts gelernt, daß es so etwas wie Ironie gab. Er begriff sie, wenn sie gegen ihn gerichtet war. Seine Stimme wurde scharf: «Wir sind keine Bananenrepublik, und wir haben keine Folterkeller. Nein, Beauty hat nicht gestanden, der hüllt sich in Schweigen. Aber der Hausboy hat ihn zusätzlich belastet, indem er uns von einem heftigen Streit berichtete, der sich zwischen Frau Hellmann und dem Gärtner am Vortag zugetragen hatte. Das, sein geplatztes Alibi, seine Lügen und die Tatsache, daß das Kind seinen Namen geschrien hat, reichen für eine Anklage. Ob es für eine Verurteilung reicht, weiß ich nicht. Ob sie ihn hängen, weiß ich nicht. Aber das liegt dann nicht mehr in meinem Ermessen.» Er war überzeugt, daß sie ihn verurteilen würden. Der Druck war zu groß.

«Ah, hier ist Ihr Kaffee. Hier, greifen Sie zu. Und beklagen Sie sich nicht über mangelnde Zusammenarbeit meinerseits, Frau Marx. Ich habe Ihnen geholfen, wo ich nur konnte. Ich habe mein Bestes getan.» Er fragte sich, ob das stimmte.

Hoppla, tritt ihm nicht auf die Füße, wenn du seine Hilfe noch brauchst. Anna lächelte ihn so strahlend an, wie es ihr an diesem Morgen möglich war. Der Kaffee war scheußlich, sie fühlte sich scheußlich, und sie hatte das üble Gefühl, in einem schlechten

Drama mitzuspielen. «Wann wird der Prozeß beginnen, wissen Sie das?»

Mmusi schaufelte sich vier Löffel Zucker in den Kaffee und goß so viel Milch dazu, daß die Brühe weiß wurde. «Schwer zu sagen, es wird bestimmt einige Wochen dauern. Soviel ich gehört habe, will eine Exilgruppe ihm einen Rechtsanwalt aus Johannesburg besorgen. Fragen Sie mich nicht, woher die das Geld für so etwas haben. So ein Rechtsanwalt kostet ein Vermögen. Und er wird den Prozeß in die Länge ziehen. Sie wollen doch nicht etwa bis zum Prozeß bleiben?»

Klang da Furcht in seiner Stimme mit? «Nein, bestimmt nicht. Meine Geschichte ist im Kasten. Ich fliege mit dem Fotografen heute oder morgen. Ich muß mich noch nach den Flügen erkundigen.»

Ja, wir haben einen hübschen Käfig um ihn gezimmert, dachte Mmusi. Und sie weiß es. Er fragte sich, warum er das Gespräch jetzt nicht abbrach. Alles war klar. Aber die Zweifel und der Druck der letzten Tage hatten ihm zugesetzt. Und er hatte mit niemandem darüber sprechen können. Seine Familie, seine Freunde, hätten für seine Skrupel nur ein Achselzucken übrig gehabt. Mmusi hatte Schweißperlen auf der Stirn. Ich bin, dachte er voller Selbstmitleid, ein gebildeter, ein humaner, ein religiöser Mensch. Ich glaube an Gott und Gerechtigkeit. Ich glaube an Gut und Böse, ich glaube an unseren Präsidenten und die Zukunft unseres Landes. Aber all das paßt nicht zusammen. Ein Mensch ist nicht wichtig, nicht, wenn es um Größeres geht. Aber wenn er es doch nicht getan hat, begehe ich eine Todsünde. Ich halte den Prozeß nicht auf, weil ich zu schwach bin. Ich schließe meine Augen und meine Akten. Wasche meine Hände in Unschuld. Mmusi hatte ein fast unwiderstehliches Verlangen, mit der Frau über seine Zweifel zu reden. Sie würde ihn verstehen. Und er wollte, daß sie Respekt vor ihm hatte. Er wollte nicht, daß sie wegging und ihn verachtete. Wenigstens ein Mensch sollte ihn verstehen.

Wie konnte Anna wissen, daß sie die richtigen Worte im richtigen Moment aussprach? «Wissen Sie, ich habe Respekt vor Ihrem Urteil, weil ich Sie achte. Aber ich kann mir nicht helfen, ich habe Zweifel an seiner Schuld. Dieser Mord hat so viele ungeklärte Nebenlinien. Ich weiß nicht, wie ich es ausdrücken soll. Ich meine, da ist einiges unter den Teppich gekehrt worden, nur damit es zu einer schnellen Verurteilung kommt. Nur, damit die Hysterie aufhört.»

Mmusi schloß die Augen. Vorsicht oder Vertrauen? Ach was, er würde sich noch einmal die Zunge verbrennen, ein letztes Mal, und wenn das danebenging, würde er es nie wieder tun. «Hören Sie, Frau Marx, das, was ich Ihnen jetzt sage, können Sie ohnehin nicht schreiben, weil es Vermutungen sind, Theorien. Es muß auf alle Fälle unter uns bleiben. Ich hoffe, daß Sie mein Vertrauen schätzen. Also: Meine Theorie ist, daß es einen Zusammenhang gibt zwischen dem Tod dieser Prostituierten und dem Mord an Frau Hellmann. Biggie Tibele, so heißt das Mädchen, besser hieß, also, sie war in der Woche vor dem Mord im Haus der Hellmanns. Das hat mir der Hausboy gesagt. Ich hatte ihm ein Foto der Tibele gezeigt. Er sagt, daß sich das Mädchen als Putzfrau beworben hat. Nun, das ist absurd, wie kommt eine Prostituierte dazu, sich als Hausmädchen zu bewerben, sie konnte ihr Geld schließlich leichter verdienen.»

Anna hätte sich beinahe den Finger an der Zigarette verbrannt, so konzentriert hörte sie ihm zu. Ich hatte doch recht, dachte sie jubilierend, ich hatte recht ...

Mmusi fuhr wie im Selbstgespräch fort: «Und noch etwas habe ich herausbekommen. Der Mann, den die Nachbarn öfter in ihre Wohnung gehen sahen, die Beschreibung dieses Mannes trifft aufs Haar auf diesen deutschen Arzt zu, auf Dr. Schöne. Ich habe ihn aufgesucht und es ihm auf den Kopf zugesagt. Er war sehr arrogant. Er hat zugegeben, daß er ein paarmal bei ihr war, daß er sie kannte. Er hatte plötzlich ein Alibi für die Zeit des Mordes an Frau Hellmann. Angeblich war er mit einer Krankenschwester im Bett, sie hat es bestätigt. Ich kann ihm schwerlich etwas nachweisen. Ich glaube, daß er, ich weiß nicht aus welchem Grund, Frau Hellmann ermordet hat. Die Tibele, mit der er liiert war, hat irgendwie davon gewußt, und sie hat ihn erpreßt. Sie ist sogar zum Haus der Hellmanns rausgefahren. Und als ihm das Mädchen über den Kopf wuchs, da hat er sie ebenfalls beseitigt. Hat ihr ein paar Tabletten gegeben, unsere Leute schlucken die wie Bonbons. Biggie Tibele starb ... So ist es meiner Meinung nach gewesen, das ist meine Theorie. Aber ich kann nichts beweisen, keiner will, daß ich diese Spur weiterverfolge. Ein deutscher Arzt, ich bitte Sie ... den kann man nicht so einfach ins Gefängnis bringen wie einen südafrikanischen Gärtner. Da müßte ich schon schwerere Geschütze haben, ein paar solide Fakten.»

Die Wahrheit, ein Stück der Wahrheit. Anna hätte den Dickwanst umarmen können ... «Ich wüßte dazu noch etwas, es paßt genau hinein, und das, was Sie sagen, deckt sich auch mit meiner Theorie. Also ...»

Mmusi stoppte sie mit einer herrischen Handbewegung. «Ich will nichts davon hören, Frau Marx, es sei denn, Sie bringen mir einen Tatzeugen oder ein Geständnis. Verstehen Sie mich richtig, der Fall ist ABGESCHLOSSEN! Mit Ausrufungszeichen. Ich habe kein Recht mehr, weitere Ermittlungen anzustellen. Beauty hat Frau Hellmann ermordet, und Biggie Tibele hat Selbstmord begangen. Ich habe Befehle von ganz oben, keinen Finger mehr zu rühren. Wenn ich mich nicht daran halte, verstehen Sie, dann werde ich nach Chabane versetzt. Wissen Sie, wo das liegt? 700 Kilometer von hier, an der Grenze zu Mozambique. Genausogut könnte ich mir selbst einen Strick um den Hals legen. Ich hätte Ihnen dies alles ohnehin nicht sagen sollen, denn weder Sie noch ich können den Lauf der Dinge jetzt aufhalten. Ich werde nie erfahren, ob meine Theorie stimmt, und Sie werden nie darüber schreiben können, weil Dr. Schöne Ihr Blatt zu Recht verklagen würde. Aber eines verspreche ich Ihnen: Ich werde mich dafür einsetzen, daß Dr. Schöne das Land verlassen muß. Oben ist man mir gnädig gestimmt im Moment, und ich habe einen Wunsch frei. Das wird mein Wunsch sein.»

«Und Beauty wird gehängt.» Anna schluckte ihre Entrüstung runter und versuchte, fair zu sein. Sie dachte an ihre eigene Zivilcourage. Wenn der Chefredakteur von ihr verlangte, eine unwahre Geschichte zu schreiben, was würde sie wohl tun? Sie dachte an die vielen kleinen Kompromisse, die sie schon eingegangen war. Du krümmst den Rücken millimeterweise und merkst nicht, daß man ihn schon gebrochen hat. Anna fragte sich ernsthaft, ob sie das Recht hatte, über Mmusi zu urteilen.

«Mit einem guten Rechtsanwalt kann er sogar davonkommen.» Mmusi sah ernst aus, fast traurig. «Und vielleicht bietet man mir einen Posten als Botschafter an. Ich bin 45 Jahre alt, ich habe zu oft den Mund aufgemacht und habe meiner Karriere selbst im Weg gestanden mit all meinen Skrupeln. Die humanistische Bildung hat mich verwirrt, meinen Blick für die Fakten des Lebens verschleiert. Aber ich werde alt. Ich muß an meine Familie denken. Ich muß auch einmal an MICH denken. Ist denn das so falsch?»

Woher, zum Teufel, soll ich das wissen? Anna fragte sich, ob er Absolution von ihr wollte. Das würde ein bißchen zu weit gehen. Wenn Mmusi sich für den leichteren Weg entschied, mußte sie ihm nicht noch ihren Segen geben. Er scheint zu vergessen, daß sein Weg nach oben über eine Leiche geht, dachte sie zynisch. Die erste Leiche machte ihm noch etwas aus, später würde er sich daran gewöhnen. Anna rieb sich ihren schmerzenden Fuß. In einem anderen Land, dachte sie, würde so etwas nicht passieren, oder? Unsinn, natürlich war es überall möglich. Überall waren Menschen schwach, korrupt, feige.

Mmusi war erschöpft von dem Gespräch. Er wartete auf eine Reaktion von ihr, auf so etwas wie Zustimmung. Und er dachte an die politischen Notwendigkeiten. Der Präsident, von Südafrika ständig unter Druck gesetzt, handelte sich denen gegenüber einen Pluspunkt ein, wenn er einen aktiven Flüchtling verurteilte. Die First Lady, in ihren Bemühungen um Rassenharmonie, würde wieder ruhig schlafen können. Die Hysterie unter den Weißen würde sich legen. Die Journalisten würden abreisen. Ruhe und Ordnung ... Er würde Urlaub nehmen und sich auf seiner Farm erholen. Er war so müde.

Anna verdrängte den Wunsch, Mmusi um ein letztes Gespräch mit dem Verurteilten zu bitten. Sie war zu feige dazu. Sie wollte diese toten Augen nicht mehr sehen. War eben nicht abgebrüht genug für eine Journaille. Wo das Gewissen vernarbte, war die Haut noch nicht dick genug.

Mmusi sah ihr in die Augen. Wenigstens verachtete sie ihn nicht. «Sind wir zwei fertig miteinander? Ich habe noch viel zu tun.»

Anna nickte: «Ja, es ist wohl alles gesagt. Ich werde jetzt gehen und, wenn möglich, noch heute abreisen. Ich danke Ihnen für Ihre Hilfsbereitschaft, Chief. Sie haben mir geholfen und doch wieder nicht. Jedenfalls, danke für alles.»

«Es war mir ein Vergnügen, Frau Marx. Ich hoffe, unser kleines Land hat Ihnen gefallen, trotz allem. Wenn Sie einmal wiederkommen, besuchen Sie mich. Ich würde mich freuen. Guten Flug, und schreiben Sie eine schöne Geschichte.»

Anna stand mühsam auf und verabschiedete sich mit dem Blick einer traurigen Komplicin. Zwei, die keinen Mut hatten ... Der komische Dicke, der zwischen weißschwarzen Denkschablonen jonglierte, und die kleine Journalistin, die vielleicht die Wahrheit in einer griffigen Geschichte begrub. Sie verstand ihn besser, als er glaubte. Aber sie lächelte zum Abschied nicht.

Das Reisebüro lag nur ein paar Ecken weiter, aber Anna humpelte mühsam vorwärts. Die Stadt war immer noch unerträglich heiß und laut, es roch nach Fisch und indischen Gewürzen und Schweiß. Die Marktfrauen blockierten mit ihren Waren die Gehwege. Ich sollte ein paar Souvenirs kaufen, überlegte Anna und überlegte es sich anders, als sie die Anhäufung von teurem Kitsch betrachtete. Das Zeug bekam man zu Hause auch und wahrscheinlich billiger. Eine unübersehbar amerikanische Touristin mit breitem Strohhut und Hawaii-Hemd kreischte: «*Isn't it wonderful, darling, I could take the whole lot.*»

«*Wonderful*», murmelte Anna und hüpfte weiter.

Das Mädchen, das sie in dem kleinen, angenehm kühlen Reisebüro bediente, war schwarz, hübsch und unendlich träge. Selbst der Kaugummi, den sie mit ausufernden Kieferbewegungen von einer Seite in die andere schob, bewegte sich im Schneckentempo. Anna wartete fast eine Stunde, bis der Flugschein bestätigt und geschrieben war. Abflug 22 Uhr 30 nach Johannesburg und weiter nach Frankfurt und Bonn. Arme Anna, armer Jochen. Das Mädchen war ebenso träge wie unfreundlich. Warum nur, fragte Anna sich, werden einem in diesem Land so viele Vorurteile bestätigt? Man braucht nicht danach zu suchen, man fällt ja drüber.

Vorurteile: Die Bar am Swimmingpool war von Schwarzen und Weißen umlagert, die sich wichtig nahmen. Sie trugen dunkle Anzüge mit kleinen Schildern auf der Brust und Stapel von Papier unter dem Arm. In jeder Hand ein Glas. Viele, viele Gläser. Anna schaute gelangweilt zu. Sie war mit dem Taxi zurück ins Hotel gefahren, hatte Jochen von der Rezeption aus angerufen und wartete jetzt auf ihn. Sie grübelte darüber nach, wie sie Schöne doch noch in die Geschichte einbauen konnte, ohne daß die Hausjuristen sie zensierten.

Ländliche Entwicklung zur Befriedigung von Grundbedürfnissen, las sie auf einer der dicken Mappen, die auf den Tischen lagen. Lauter geschäftige Konferenzteilnehmer, die so viel Papier produzierten.

Ich wette, keiner von denen hat jemals auf einem Acker gestanden, geschweige denn, daß ihm ein Grundbedürfnis verweigert wurde, dachte sie hämisch. Sie pflegte ihr Vorurteil gegenüber Konferenzen. Mit dem Geld, das diese 100 Leutchen in einer Woche Konferenz und Gelage verbraten, könnte man eine Menge Schulen bauen. Dachte Anna. Aber was verstand sie schon davon?

Jochen wirkte wie ein Paradiesvogel unter all den Anzugmenschen. Er war wie immer schlampig angezogen, und es war ihr, wie oft, ein bißchen peinlich. Er hatte ihr Fotos von Anna und das Bild mitgebracht, achtlos in Packpapier gewickelt. Das Bild mit dem Hasen. Er küßte sie flüchtig auf die Wange, bestellte zwei Bier bei einem Kellner, der sich von den Konferenzteilnehmern gehetzt fühlte und seinen Beruf verfluchte.

«Wann fliegst du?»

«Heute abend mit der letzten Maschine. 22 Uhr 30.»

Ich lasse hier halbe Sachen zurück, überlegte Anna: einen halb aufgeklärten Mord, eine halbe Liebe. Ich fliege nach Hause und schreibe eine Geschichte, die nur zur Hälfte stimmt, aber bestimmt ausreicht, die Spesen zu rechtfertigen. Auch für die Touristikseite würde was abfallen. Gruber würde ihr lobend die Hand auf die Schulter legen, und sie würde vergessen, irgendwann, über einer neuen Story, einer neuen Affäre. Was willst du mit dem, fragte sie sich: ein Exot in einem Bananenstaat. Zu Hause, in Bonn, würde sich sein Zauber schnell verflüchtigen. Kein Mensch für ihre Welt, dieser Jochen.

Sie schwiegen sich an. Was kann ich ihr noch sagen, überlegte er. Sie ist schon weit weg, damit beschäftigt, ihre verdammte Geschichte zu formulieren. Abschiednehmen ist ein bißchen Sterben, aber sie spürt den Schmerz nicht. Wahrscheinlich ist sie sogar erleichtert. Sie ist der Typ, der nach vorne schaut, der sich nicht umdreht und nicht bereut.

«Kein bißchen Trauer, Anna?»

Sie hatte gerade überlegt, was sie für den Flug anziehen sollte. «Doch, natürlich bin ich traurig, aber ich hasse Abschiedsszenen.»

Und ich hasse dich, dachte er. Er würde ihr den Gefallen tun und nicht sentimental werden. Er trank sein Bier aus und legte, wie immer, zuviel Trinkgeld auf den Tisch. «Ich gehe jetzt, um die Abschiedsszene zu verkürzen. Du hast ja jetzt, was du wolltest.» Er stand abrupt auf und stieß mit dem Knie gegen den Tisch, was den würdevollen Abgang etwas ins Lächerliche zog. Die Konferenzteilnehmer starrten sie an. Diese Deutschen, dachte der Schwede, benehmen sich überall wie Elefanten im Porzellanladen.

«Gib mir noch einen letzten Zug aus deiner Zigarette», gurrte Anna und fing dann an zu kichern.

Jetzt hätte er sie wirklich umbringen können. «Findest du dich komisch?» Drehte sich um und ging. Mit diesen seltsam wiegenden Schritten.

Er hatte seine Zigaretten liegenlassen, und sie wollte ihm nachrufen. Aber Anna hatte einen Kloß in der Kehle, und sie spürte, daß ihr die Tränen kamen. Sie wischte sich mit dem Handrücken über die Wangen. Verdammt, sie wollte nicht sentimental werden. Was war denn schon passiert? Über eine Bettgeschichte wurde der Überzug gebreitet. Das war alles.

Anna fuhr einen Konferenzteilnehmer unwirsch an, der sie mit blödem Grinsen zu einem Drink einladen wollte. Aber der Norweger hatte schon längst die Meinung geformt, daß Frauen im tropischen Klima zu Hysterie neigten, und war nicht weiter verstört. Schlecht geschminkt ist sie überdies, dachte er. Tränen hatten eine Kajalspur über die Wangen gezogen. Er ging zurück zu seinen Kollegen. Für den Nachmittag war eine dreistündige Diskussion über Ackerbaumethoden geplant. Er langweilte sich jetzt schon.

Anna ging in ihr Zimmer, das Bild unter dem Arm. Sie hatte noch rund eine Stunde Zeit, bis sie zum Botschafter mußte. Zeitverschwendung eigentlich, aber es war wohl von protokollarischer Bedeutung. Was konnte der Wicht ihr schon erzählen. Aber eines würde sie jedenfalls tun. Sie würde ihm das Bild zeigen. Sich an seiner Angst weiden.

Anna stand ratlos vor ihrem halbgepackten, chaotischen Koffer, als Peter, ohne anzuklopfen, das Zimmer betrat.

«Du bist ja ganz schön aushäusig, hoffentlich in Recherchen unterwegs. Was ist, fliegst du auch heute abend? Ich habe eben mit Gruber telefoniert. Er meint, wir hätten lange genug Urlaub gemacht. Er will die Story. Sag mal, wo warst du eigentlich?»

«Vor Ort recherchieren. Und überhaupt geht es dich einen Dreck an. Ja, ich fliege auch heute abend. Und jetzt muß ich packen und dann noch zum Botschafter. Also laß mich in Ruhe.»

«He, warum denn so aggressiv? Hast du Liebeskummer, Anna?» Er setzte sich auf den einzigen freien Stuhl und legte die Beine aufs Bett. Anna warf wahllos und mit verbissenem Gesicht Kleider und Papiere in den Koffer. «Liebe, du weißt doch überhaupt nicht, was das ist, also rede nicht davon. Tu mir den Gefallen und hau ab. Wir sehen uns am Flughafen.»

Peter schüttelte den Kopf. «Du bist eine Schlampe, Anna. Wie kann man nur so chaotisch packen. Das ist ja alles verknüllt, bis du in Bonn bist.»

«RAUS JETZT!»

Anna, die abgebrühte Anna, wartete nur, bis Peter raus war. Dann setzte sie sich auf den Koffer, der an allen Seiten überquoll, und fing an zu heulen. Sie weinte um alles mögliche, hauptsächlich um sich. Sie weinte, bis sie Schluckauf bekam, und nahm einen tiefen Schluck aus der Flasche zollfreien Whiskys. Der Gedanke, zurück nach Bonn zu fliegen, war auf einmal unerträglich.

XVII

Dr. Klaus Halfft verschwand beinahe in seinem grauen Nadelstreifenanzug und in dem roten, ledernen Direktorensessel im prachtvollen Botschafterbüro mit Klimaanlage und Plastikpalme. Bis auf die Palme war alles in Leder und Mahagoni. Einziger Schönheitsfehler, außer der Palme, war ein Carstens-Konterfei hinter dem Schreibtisch. Halfft, der bei Annas Eintritt höflich aufgestanden war, folgte ihrem Blick: «Oh, das Bild. Ach, wir sind bei aller Arbeit noch nicht dazu gekommen, es auszutauschen. Wirklich eine Nachlässigkeit. Ich muß mich entschuldigen.»

Ein Tablett mit silberner Wärmekanne und zierlichen Tassen stand bereits auf dem Schreibtisch, der, abgesehen von zwei Telefonen und einer Mini-Fahne, leer war, spiegelblank und leer. Wenn Halfft sich darüber wunderte, daß Anna ein Paket unter dem Arm trug, ließ er es sich nicht anmerken. Er deutete auf einen Stuhl, Mahagoni, und auf das Tablett: «Tee, Milch, Zucker, Kekse?» Er holte einen Aschenbecher aus einer Schublade. «Meine Frau hat mir vor zwei Jahren das Rauchen verboten, aber bitteschön, tun Sie sich keinen Zwang an, Frau Marx. Was kann ich für Sie tun?»

Ja, was eigentlich? Anna schenkte für beide Tee ein und kramte ihre Zigaretten aus der Handtasche. Die rechteckige ‹Bombe› lehnte eingepackt neben ihrem Stuhl. Er sieht miserabel aus, dachte sie. Seine schütteren Haare waren verwuschelt, die Augen hinter goldgeränderter Brille trüb, und seine Hand zitterte ein wenig, als er die Tasse zum Mund führte. Anna versuchte, sich ihn und sein gewaltiges Weib im Bett vorzustellen, und ihre Phantasie versagte. Sie stellte ihn sich nackt vor und verkniff sich ein Kichern.

«Es gibt eigentlich keine Fragen mehr. Wie Sie wissen, ist der Fall abgeschlossen. Wir fliegen heute abend mit der letzten Maschine. Betrachten wir das also als Höflichkeitsbesuch. Vielen Dank für den Tee.»

Journalisten und Höflichkeitsbesuche, ha. «Ja, der Fall scheint abgeschlossen. Gottlob, möchte man sagen. Er hat unsere kleine Gemeinde hier doch in Aufregung versetzt. Selbst seine Exzellenz, der Präsident, hat mich heute morgen angerufen, um mir seine Erleichterung kundzutun. Man wird diesen Unmenschen zweifellos seiner gerechten Strafe zuführen.»

Er redet wie ein schlechtes Phrasenbuch, dachte Anna – und er hat vor irgend etwas Angst. Doch nicht vor mir? Aber wahrscheinlich ist er ein Typ, der immer Angst hat. Sie dachte an das Bild, und er tat ihr beinahe leid.

«Ja, man wird ihn wohl hängen, den Mörder. Wissen Sie, ich hatte streckenweise das Gefühl, daß in diesem Fall sehr viele Ungereimtheiten unter den Tisch gekehrt wurden. Vielleicht war es doch ein Ritualmord.»

«Glauben Sie das wirklich?» Halfft reckte sich, seine Stimme klang interessiert. «Ich habe gehört, daß Sie bei einem dieser obskuren Medizinmänner waren.» Er beantwortete sich die Frage selbst: «Nein, das glaube ich nicht. Angeblich wurden Polizisten in die Dörfer geschickt, aber die standen vor einer Mauer des Schweigens. Medizinmänner sind ein Tabu. Sie müssen verstehen, Frau Marx, daß dieses arme, kleine Land noch sehr, sehr hinterwäldlerisch ist. Sobald man aus der Hauptstadt raus ist und die Teerstraße verläßt, fängt die Wildnis an, das für uns Europäer unbegreifliche Afrika. Unbeschreibliche Armut und Unwissenheit. Dabei sind die

Einheimischen sehr bescheidene, freundliche Menschen. Sie verehren ihren Präsidenten wie einen Vater. Kenneth Quobisa versucht ja wirklich, den Lebensstandard zu heben, aber der Probleme sind so viele, und die Bevölkerung wächst zu schnell. Die Arbeitslosenquote liegt jetzt schon bei rund 45 Prozent. Tourismus und Kleinindustrien, darauf setzt der Präsident. Herr Hellmann hat auch einige gute Ansätze in dieser Richtung unternommen, wenn er auch, nun wie soll ich sagen, in mancher Hinsicht ein unorthodoxer Mensch ist.»

Anna tat seine piepsige, übereifrige Stimme in den Ohren weh. «Herr Hellmann wird kaum hierbleiben nach dem Mord.»

Halfft trommelte mit den Fingern nervös auf den Schreibtisch. Er wünschte sich, sie würde ihm nicht den Rauch ins Gesicht blasen. «Nein, aber ich habe gehört, daß bereits ein neuer Mann für ihn kommt. Aber das bitte vertraulich behandeln.»

«Und was passiert mit Herrn Hellmann?»

An seinem merkwürdigen Lächeln sah sie, daß er die Frage als persönlich auffaßte. «Meiner Information nach wird er nach einem wohlverdienten Urlaub in ein anderes Land versetzt, Frau Marx.»

«Haben Sie die Ermordete gut gekannt?»

Annas Frage hatte ins Schwarze getroffen. Sie sah es daran, daß er zusammenzuckte und seine Unterlippe unkontrolliert zu zittern begann. Als er keine Anstalten machte zu antworten, wiederholte sie die Frage. Sie blickte scheinbar gelangweilt auf das Bild hinter ihm, während sie wartete.

Halfft räusperte sich. Er merkte selbst, daß seine Stimme noch schriller klang als sonst. «Ich habe sie nur flüchtig gekannt. Wie Sie sicher wissen, war Frau Hellmann künstlerisch sehr ambitioniert, und sie wollte, daß ich ihr bei einer Ausstellung behilflich bin. Ich hatte im Prinzip nichts dagegen, und wir haben uns einmal darüber unterhalten. Aber bevor sich ihre Pläne realisierten, geschah das Schreckliche. Anna kam nicht mehr dazu, ihr Pläne zu verwirklichen.» Ein Lapsus, er merkte es zu spät.

Anna hatte ihn bemerkt, auch den hämischen Unterton im letzten Satz. Sie dachte an das Bild und ging zum Angriff über. «Waren Sie schon einmal bei den Hellmanns, Herr Botschafter, und haben Sie Annas Bilder gesehen?»

Das Gefühl der Panik würgte ihn, und er spürte, wie ihm trotz des gekühlten Raums der Schweiß unter den Achseln ausbrach.

Seine Frau, die ihn jeden Morgen mit Deodorants traktierte, fand jede Form menschlicher Ausdünstung ekelhaft. Aber Halfft, der sich so gut wie immer ihren Wünschen beugte, war unfähig, seine Schweißdrüsen zu kontrollieren. Die Journalistin, dachte er, weiß etwas, jemand hat geklatscht. Aber wer wußte von der Beziehung zwischen Anna und ihm? Die fette Spinne, dachte er voller Wut. Wenn sie meinen Namen in Zusammenhang mit der Toten bringt, bin ich erledigt. Eleonore würde ihn zu Tode quälen. Er spürte selbst, daß das Schweigen zu lange dauerte. Er mußte antworten. Er sah sie genüßlich den Rauch ausatmen und griff mit zitternden Händen in die Schublade nach den Zigaretten, die er vor zwei Jahren hineingelegt hatte.

Anna sah ihm interessiert zu, wie er sich eine Zigarette anzündete. «Ich war», sagte er leise, «nur einmal im Haus, und das war kurz nach dem Mord, nachdem Herr Hellmann mich angerufen hatte. Aber das müßten Sie eigentlich wissen.» Er hatte den Rauch zu gierig eingezogen und begann zu husten.

Anna war zu unglücklich, um Mitleid mit anderen zu haben. «Haben Sie ihre Bilder gesehen, Herr Botschafter, ihre Tierbilder vor allem?» Wenn sie das Bild veröffentlichen und seinen Namen erwähnen würde, könnte sie ihm ganz schön weh tun. Aber warum? Weil er so erbärmlich war, daß er einen geradezu einlud, ihm weh zu tun? Während sie mit ihrem inneren Schweinehund kämpfte, machte Halfft einen Fehler. «Nein, Frau Marx, ich habe ihre Bilder nie gesehen. Aber sie sollen nicht besonders gut sein, wie ich gehört habe.»

Anna überlegte einen Moment und beugte sich nach dem Bild. Sie wickelte es aus dem Papier und legte es auf den Schreibtisch. «Ich finde einige ihrer Zeichnungen aber doch faszinierend.»

Halfft starrte darauf. Welch grausame Ironie des Schicksals, daß ihm eine andere Anna nun dieses Bild präsentierte. Nachdem er sich schon so sicher gefühlt hatte. Sie würde, das wußte er nun, ihm die Schlinge um den Hals legen und zuziehen. Sie würde das Bild veröffentlichen und ihn in einem Maße lächerlich machen, das ein Überleben nicht zuließ. Irgendwie war er beinahe erleichtert. Er hatte die Schlinge zu lange über seinem Kopf baumeln sehen, in seinen Tag- und Nachtträumen. Jetzt war sie da, real, bedrohlich und doch beruhigend. Nicht so schlimm, wie er es sich immer vorgestellt hatte. Das Bild. Er starrte schweigend darauf.

Oh, ja, Anna hatte ihn gut getroffen. Das hatte er schon beim erstenmal, als er dieses Machwerk sah, erkannt. Er hatte sich ganz distanziert gesehen, so als ob es nicht er sei, der da grotesk, nackt und würdelos stand – ein häßlicher und feiger Hase, der sich als Mensch aufspielte. Ich bin froh, dachte er, daß Anna tot ist. Ihre Männer, die sie so trefflich verewigt hat, waren vielleicht erbärmlich, aber vor allem, weil sie ohne Erbarmen war. Letztlich hat sie ihre Verachtung in uns hineinprojiziert und uns haßerfüllt bloßgestellt. Wenn Schwäche, überlegte er, ein Charakterfehler ist, dann war Annas Stärke auch einer gewesen.

Er dachte kurz an seine Frau: Eleonore war auch stark in ihrer Dummheit und Selbstgerechtigkeit. Seine Frau, die nie daran zweifelte, daß die Welt ihr etwas schuldete, daß sie immer recht und die anderen unrecht hatten. Eleonore würde nichts verstehen. So, wie sie ihn nie verstanden hatte. Anna war die erste Frau gewesen, die ihm das Gefühl gegeben hatte, ein ganzer Mann zu sein. Und dann hatte sie ihn so furchtbar bloßgestellt. Ihn zum Hasen degradiert... Was für ein Witz.

Der Botschafter stand auf und ging an seinen Aktenschrank. Er holte schweigend eine Flasche Cognac und zwei Gläser und stellte sie auf den Schreibtisch. Seine Hände zitterten nicht mehr.

Anna sah ihn aufmerksam an. Sie hat traurige Augen, dachte er erstaunt. Sie sah gar nicht triumphierend aus. Sie hatte den Anstand, zu schweigen. Der Entschluß, ausgerechnet dieser Frau seine Geschichte zu erzählen, kam plötzlich. Warum nicht? Wenn sie schon sein Henker war, dann mußte sie auch sein Beichtvater sein. Und er brauchte einen guten Zuhörer für seine Geschichte. Eleonore würde ihn nie aussprechen lassen. Und die Worte füllten ihn aus, blockierten seine Atemwege, sprengten ihm den Kopf.

Er schenkte beiden ein und zündete sich noch eine Zigarette an. «Ich werde Ihnen jetzt eine Geschichte erzählen, Frau Marx, die Wahrheit über Anna. Es wird Sie interessieren. Was Sie damit machen, darüber können wir am Ende reden. Ehrlich gesagt, kümmert es mich nicht mehr. Das, was Sie jetzt schon wissen und verwenden wollen, ruiniert mich so oder so. Ein anderer, ein Stärkerer als ich, würde es vielleicht durchstehen. Aber nicht ich. Nicht nach dem Leben, das ich bislang geführt habe, nicht in meiner Stellung, nicht mit meiner Frau. Ich bin, wie so treffend dargestellt, ein Angsthase, dem nur die Hülle der Position eine menschliche Form verleiht.

Meine Affäre mit Anna dauerte genau zwei Wochen. Es waren, das gebe ich zu, die schönsten zwei Wochen meines Lebens. Seltsamerweise habe ich mich nie gefragt, warum sie mich, ausgerechnet mich, lieben sollte. Sie hat mich zum Essen in ihr Haus eingeladen, einfach so. Bis dahin hatte ich sie nur flüchtig gekannt und ein etwas verschwommenes Bild einer sehr attraktiven, leicht verrückten Frau gehabt. Nun, ihr Mann war gerade auf Dienstreise an diesem Abend, und meine Frau war zum Einkaufen in Johannesburg. Wir saßen da und redeten, und sie gab mir das Gefühl, ein interessanter Mann zu sein. Zum erstenmal, verstehen Sie, hatte ich dieses Gefühl, nachdem Eleonore jedes Selbstbewußtsein, das vielleicht einmal da war, zertrampelt hatte. Schon an diesem ersten Abend sind wir miteinander, wie sagt man, ins Bett gegangen. Anna war sehr leidenschaftlich, oder sie tat jedenfalls so. Ich fühlte mich jung und stark, als phantastischer Liebhaber. Dieses Gefühl gab mir Anna. Vielleicht muß ich dazu erklären, daß meine Frau sich mir einmal im Monat ‹hingibt›, wie sie es nennt, in völliger Dunkelheit und völlig passiv. Nicht, daß es mir noch Spaß machte, in ihren Fleischmassen herumzuwühlen. Verzeihen Sie, aber ich muß erklären, wie ich dazu gekommen bin, mit Anna was anzufangen. Ich hasse meine Frau in dem Maße, wie ich Angst vor ihr habe. Na, jedenfalls verbrachten Anna und ich dieses Wochenende miteinander. Wir gingen zwei Tage nicht aus dem Haus. Wir redeten, lachten, liebten uns. Es war unbeschreiblich schön. Sie muß mich wohl skizziert haben, während ich schlief. Ich habe nichts davon gemerkt.»

Er sieht gar nicht mehr aus wie ein Hase, dachte Anna. Auch seine Stimme war fester geworden. Anna fragte sich, wo die Geschichte aufhören würde. Sie schwieg und wartete.

Für den Hasen, der sich tausendmal damit auseinandergesetzt hatte, war das Ende logisch. Das Ende, das damit begonnen hatte, als seine Anna ihn nach zwei Wochen vollkommenen Glücks in seinem Büro aufgesucht hatte.

«Sie kam strahlend durch die Tür, mit einem Paket unter dem Arm, genau wie Sie heute, Anna. Ich war so verliebt, daß ich so unvorsichtig war und aufstand, um sie zu umarmen. Aber Anna stand nicht der Sinn danach. Sie schob mich weg und sagte mit scharfer Stimme, sie sei nur gekommen, mir etwas zu zeigen. Sie legte das Bild auf den Tisch, so wie Sie. Eine rosarote Wolke stob in Millionen Eisstücke, die mich zum Frieren brachten. Ich weiß noch genau, was ich in diesen ersten Sekunden dachte, während ich auf mein gräßliches Ebenbild starrte. Sie wird viel Geld dafür wollen, dachte ich, und daß sie mich benutzt hatte, grausam benutzt. Das Geld war dann auch meine erste Frage. Und dann sagte sie mir unerträgliche Wahrheiten: ‹Hast du im Ernst gemeint, daß ich mich in einen Wicht, wie du es bist, verlieben würde›, sagte sie. ‹Deine Pennälerübungen im Bett waren kaum zu ertragen, mein Lieber.› Sie lachte, als sie das sagte. ‹Wieviel›, fragte ich. Aber Anna wollte kein Geld. Geld, sagte sie, habe sie eigentlich genug. Sie wüßte noch nicht, was genau sie mit dem Bild machen würde. Erst einmal wolle sie sich an meinem dummen Gesicht weiden. Das hat Anna gesagt, während ich mich vor Schmerzen krümmte. Dann wickelte sie das Bild sorgfältig ein und nahm es mit. So war das damals.»

Halfft schenkte sich ein drittes Glas ein, die Flasche wurde langsam leer. Anna begann, das Ende der Geschichte zu ahnen. Sie fragte sich, warum er das Bild, das vor ihm lag, nicht auf der Stelle zerstörte.

Aber es war nicht die Art des Hasen, Hasardstücke zu riskieren. Er mußte seine Geschichte zu Ende bringen:

«Ich weiß nicht, wie ich die nächsten fünf Tage überstanden habe. In einer Art Trance, nehme ich an. Ich funktionierte. Ich trank zuviel, und Eleonore keifte, und ich hörte gar nicht hin. Auf jeden Fall rief mich Anna nach diesen fünf schlimmsten Tagen meines Lebens im Büro an. Ihre Stimme war sehr freundlich. Sie wollte mich zu einer Party in ihrem Haus einladen. Und sie bat mich, die First Lady mitzubringen. Was heißt, sie bat mich. Es war wohl mehr ein Befehl. Ich ahnte, was kommen würde. Und dann ließ sie die Bombe platzen ...»

In diesem Moment öffnete die Sekretärin die Tür und sagte mit entschuldigender Stimme, daß Staatssekretär Mmadana den Botschafter dringend zu sprechen wünsche. «Sagen Sie ihm, ich bin nicht da. Ach, sagen Sie ihm, was Sie wollen, aber stören Sie mich nicht mehr.» Anna schenkte den Rest Cognac aus. Sie lächelte ihn an. Einfach so. Und obwohl er kurz vor dem Ende des Dramas war, lächelte er zurück. Er war so erleichtert. So, als ob man vor etwas wegläuft und läuft und läuft, bis man an den Abgrund kommt und sich entschließt zu springen. Von da an war es einfach ...

«Ja, also, wie ich es geahnt hatte. Anlaß zu ihrer großen Party war die Ausstellung ihrer Tuschzeichnungen. Ich brauchte sie nicht zu fragen, ich wußte, welche sie meinte. Sie wollte mich öffentlich blamieren. Denken Sie an die Szenerie, in der sie den Hasen gemalt hatte – ein paar Leute hätten mich gewiß erkannt. Oh, keiner hätte was zu mir gesagt, aber hinter meinem Rücken – der perfekte Gesellschaftsmord. Ich habe den Hörer kommentarlos aufgelegt. Wissen Sie, ich versuchte, mir einzureden, daß das Leben nach dieser Party weitergehen würde. Aber man lebt doch nicht 58 Jahre in einer Hülle und dann so ohne weiteres nackt und bloß weiter. Und dann war da noch Eleonore. Meine Frau, die mit Haß und Spott und Hohn darauf herumtrampeln würde, die es mich nie vergessen lassen würde.»

Der Botschafter verzog sein kleines graues Gesicht bei der Vorstellung an dieses Leben. Dann sprudelten die Worte aus ihm heraus:

«An jenem Tag, am Mordtag, bin ich zu Anna rausgefahren. Das Auto habe ich ein paar Häuser weiter geparkt. Warum? Vielleicht wußte ich schon, daß es nur einen Weg gibt, Anna von etwas abzubringen. Nein, ich hatte nicht die Absicht, sie zu ermorden, jedenfalls nicht bewußt, das müssen Sie mir glauben. Ich wollte sie nur von dieser Party, der Ausstellung der Bilder, abbringen. Aber sie hat mich nur verhöhnt. Sie lachte mich aus, und noch als ich mit dem Messer aus der Küche kam, lachte sie über mich. ‹Du Feigling›, schrie sie mich an, ‹du Angsthase, dazu bist du doch gar nicht imstande, stich doch, stich doch zu ...› Ja, und dann habe ich irgendwie zugestochen, immer wieder, und Anna schrie ... Dieser ungläubige Blick, wissen Sie, das ist meine letzte Erinnerung an Anna, sie wollte es einfach nicht glauben ... Aber ich habe sie umgebracht, ich war es.» Halfft sah Anna beinahe triumphierend an.

«Und die Tochter?»

Halfft lehnte sich zurück. «Die Kleine kam aus dem Garten, als ich nach dem Bild suchte. Ich wollte es mitnehmen und vernichten. Sie schrie, und da habe ich sie gepackt und in ihr Zimmer gesperrt. Sie sah mich nicht, ich habe sie von hinten gepackt. Sie umzubringen, wäre mir nicht in den Sinn gekommen, ich bin kein Mörder. Na, dann geriet ich in Panik und lief ohne Bild aus dem Haus. Ein folgenschwerer Fehler ... aber ich bin eben ein unbegabter Mörder. So wie ich nie im Leben etwas perfekt gemacht habe. Ein Leben voller dummer Fehler. Eine miese, kleine Existenz. Möchten Sie den letzten Schluck?»

Anna nickte. Nun hatte sie ihre Wahrheit. Sie hatte ihre Geschichte. Aber es war eine schmutzige kleine Geschichte mit dummen Menschen. *Ich bin kein Mörder* – das würde die Schlagzeile werden. Anna hatte Mitleid mit dem Hasen. Und mit der Toten. Wie dumm sie gewesen war, den Hasen zu einem Mord zu provozieren. Wie sehr sie sich über- und ihn unterschätzt hatte.

«Was nun? Was erwarten Sie von mir? Daß ich mich an das Beichtgeheimnis halte und zusehe, wie ein anderer für den Mord gehängt wird? Erwarten Sie das tatsächlich von mir?»

Halfft antwortete, ohne nachzudenken: «Ich hätte nicht zugelassen, daß man ihn hängt. Ich habe schon lange einen Plan im Kopf, und mit Ihrer Hilfe kann ich ihn durchführen. Es ist die einzige Wahl, die mir bleibt. Wie Sie wissen, kann man mich hier nicht anklagen, ich genieße diplomatische Immunität. Aber zweifellos würde ich in Deutschland vor Gericht kommen. Nur, so weit wird es nicht kommen, das heißt, wenn Sie mir helfen würden. Nein, sagen Sie jetzt nichts, überlegen Sie noch. Sie sehen nicht aus wie ein Racheengel, Anna, wie jemand, der das Gesetz über den Menschen stellt. Ich habe Anna ermordet, und daran werde ich ein Leben lang leiden. Wo, ist nicht mehr so wichtig. Aber was wir tun könnten, ist dies. Ich werde heute abend mit Ihnen in die Maschine steigen, in Deutschland meine Ersparnisse abheben, und dann fliege ich an irgendeinen gottverlassenen Ort, der kein Auslieferungsabkommen mit der Bundesrepublik hat. Wenn Sie jetzt gehen, werde ich zwei Geständnisse schreiben: eines an Mmusi und das andere an Sie, damit Sie gedeckt sind. Beide kommen morgen abend an, dann bin ich schon außer Reichweite. Sie haben Ihre Geschichte, Anna, Mmusi hat seinen Mörder, den er ohnehin nicht vor Gericht gebracht hätte, und nur eine deutsche Gefängniszelle bleibt leer. Was halten Sie davon, Anna?»

Anna überlegte fast fünf Minuten. Sie versuchte, sich den Hasen in einer Zelle vorzustellen oder in einem Zimmer irgendwo in Südamerika. Was für einen Unterschied machte es. Der Hase lebte in seinem eigenen Gefängnis, wozu Gitter hinzufügen? Gesetz und Gerechtigkeit? Der Aspekt war ihr gleichgültig. Ob die Zelle leer war oder ein Hase drin, war es wichtig? Genaugenommen gönnte sie dem Hasen noch ein bißchen Freiheit. Wenn er damit jemals etwas anfangen konnte. Anna haßte Entscheidungen.

«Und Ihre Frau, was ist mit ihr?»

Der Botschafter lächelte. Er wußte, daß sie ihm helfen würde. «Eleonore kann zum Teufel gehen, soweit es mich betrifft. Da sie nicht leidensfähig ist, wird sie die kommenden Wochen mit Wut und Hysterie überstehen. Ich muß sagen, dieser Aspekt der Geschichte amüsiert mich beinahe. Anna, ich weiß nicht, wie ich Ihnen danken soll. Ich werde ein schönes, ausführliches Geständnis schreiben, das Sie hoffentlich gut verwenden. Ich muß sagen, ich bin schon gespannt auf Ihre, auf meine Geschichte – wo immer ich sie lesen werde. So, aber nun müssen Sie gehen, Anna, es ist noch viel zu tun. Hier, nehmen Sie ein Foto von mir, und vergessen Sie das Bild nicht. Wir sehen uns am Flughafen.»

Anna staunte über seine Veränderung, als ob er ein Stück gewachsen wäre. Sie war benommen. Hatte sie überhaupt entschieden? Aber sie nahm das Foto und das Bild und stand auf, um zur Tür zu humpeln. Sie schaute noch einmal zurück. Er schrieb schon an seinem Geständnis.

XVIII

Die Scheune, die sich Flughafen nannte, war mit Herden von Passagieren gefüllt, die sich um den Leithammel am Abfertigungsschalter drängten. Anna, die mit Peter ein Taxi genommen hatte, stand eingekeilt zwischen Koffern, Touristen, Geschäftemachern und plärrenden Kindern. Sie kämpfte mit ihrer Flugangst. Sie kämpfte mit ihrem Weltschmerz. Sie stand auf einem Bein. Ein bißchen Stolz übertönte den Schmerz: Sie hatte den Fall doch gelöst, sozusagen. Sie hatte vielleicht Beauty vor dem Galgen gerettet. Sie stellte sich Mmusis Gesicht vor, wenn er das Geständnis las. Er würde auch erleichtert sein. Blieb das lose Ende des Selbstmordes dieser Prostituierten. Sie würde nie erfahren, ob Rainer Schöne . . . aber es war nicht mehr so wichtig. Auch der andere Mörder würde entkommen, und sie, Anna, half ihm noch dabei.

Nur Weiße starben selten in Samyana, diesem komischen kleinen

Land voller Verlierer, Gauner, mit wenigen Helden. Ihr kam es vor, als ob die Einheimischen nur Statistenrollen gespielt hatten, und doch waren sie die Hauptfiguren. Viel hatte sie nicht begriffen, außer ein wenig Wahrheit über Anna. Sie hatte dieses Land nur gestreift, und es hatte sich eingegraben. Seine Farben hatten ihre Augen für das Grau verdorben, in das sie jetzt flog.

Weltschmerz: Anna dachte an die letzte Nacht und daran, daß sie lernen mußte, ihren Gefühlen zu mißtrauen. Eine gute Geschichte, das war alles, was zählte. Ein Schulterklopfen von Grübchen. Oder?

«Die Idioten hier haben bestimmt hoffnungslos überbucht», murmelte Peter neben ihr. Er hatte eine rotbraungebrannte Touristin im Visier und sicherte sich einen Platz neben ihr. Anna war froh. Ihr genügte der Weltschmerz als Begleiter. Sie war gerade dabei, die langen, unsinnigen Ausreiseformulare auszufüllen, als sie Braun, Biele und – Jochen – auf sich zukommen sah. Jochen hatte eine Flasche Champagner in der Hand und drängte sich ungeduldig durch die Massen.

«Wir konnten unseren Seeigel doch nicht ohne Abschiedsszene gehen lassen.» Biele umarmte Anna, der prompt die Tränen kamen. Sie haßte Abschiedsszenen. Sie haßte Jochen, der wie ein trauriger Bär herumstand. Sie stellte ihre Aktentasche ab und nahm ihm die Flasche aus der Hand, ließ den Korken gegen die schmutzige Decke knallen. Braun organisierte Pappbecher. Sie tranken auf eine gute Story. Jochen schaute sie nur an. Eine blecherne Stimme verkündete den Abflug der Maschine. Anna stellte ihren Becher auf den Boden und drückte die Zigarette mit dem Seeigel-Fuß aus. Weltschmerz. Sie gab Jochen die Hand.

Ich werde ihr schreiben, ich werde sie anrufen, sie besuchen, ich werde ... Der traurige Bär war voller guter Vorsätze, aber auch voller Angst. Anna in Samyana war eine Sache. Anna in Bonn war zu weit weg, als daß er sich ein Happy-End vorstellen könnte. Er brachte nur ein «Auf Wiedersehen» heraus.

Anna setzte ihre Sonnenbrille auf und humpelte durch die Paßkontrolle. Sie humpelte mit den anderen Passagieren in die kleine Maschine. Sie ging als letzte die Gangway hoch und drehte sich um. Sie sah die drei winken, schon weit weg. Und noch etwas sah sie: Aus der VIP-Lounge kam der Botschafter angerannt, mit einem Aktenkoffer unter dem Arm. Er zwinkerte ihr zu, als er die Treppe hochstieg. Er sieht immer noch aus wie ein Hase, dachte Anna, aber wie ein listiger. Wie einer, der der Jagd entkommen war.

Unsinn, keiner entkommt der Jagd. Fragt sich bloß, was oder wem wir nachjagen oder wer oder was uns jagt. Anna schnallte sich mit zitternden Händen an.

> DIE MEISTEN MENSCHEN SIND MÖRDER.
> SIE TÖTEN EINEN MENSCHEN.
> IN SICH SELBST.

Sie war zu sehr in ihren Weltschmerz versunken, als daß sie sich an den Menschen erinnert hätte, der das geschrieben hatte. Es fiel ihr später ein, über Italien: Stanislaw Jerzy Lec.

Sjöwall/Wahlöö

«Diese Krimis sind Erzählungen vom leidenden einzelnen wie Dokumente des zunehmenden gesellschaftlichen Verhängnisses. Daß sie dies alles sind, bezeugt ihren literarischen Rang.»

Helmut Heißenbüttel

Maj Sjöwall/Per Wahlöö

Die Tote im Götakanal
(2139)
Der Mann, der sich in Luft auflöste
(2159)
Der Mann auf dem Balkon
(2186)
Endstation für neun
(2214)
Alarm in Sköldgatan
(2235)
Und die Großen läßt man laufen
(2264)
Das Ekel aus Säffle
(2294)
Verschlossen und verriegelt
(2345)
Der Polizistenmörder
(2390)
Die Terroristen
(2412)

thriller rororo

C 576/17

Ruth Rendell

Dämon hinter Spitzenstores
(2677)

Durch das Tor zum Himmlischen Frieden
(2684)

Der Pakt
(2709)

Flucht ist kein Entkommen
(2712)

Die Masken der Mütter
(2723)

Alles Liebe vom Tod
(2731)

Die Grausamkeit der Raben
(2741)

Der Tod fällt aus dem Rahmen
(2754)

Die Verblendeten
(2763)

thriller rororo

C 2310/2

Ruth Rendell

Die neue Freundin
Kriminalstories (2778)

In blinder Panik
(2798)

Mord ist ein schweres Erbe
(2789)

Das geheime Haus des Todes
(2814)

Der Liebe böser Engel
(2830)

Mord am Polterabend
(2848)

Phantom in Rot
(2875)

Schuld verjährt nicht
(2878)

Die Tote im falschen Grab
(2874)

thriller rororo

C 2310/2 a